LE STORIE DEL SORRISO

LE STORIE DEL SORRISO

MONDADORI

Testi di Valentina Camerini (*Sognando tempo di musica, Una cicogna chiamata speranza*) e Manuela Salvi (*Il gigante e il ragazzino, Mio fratello è un Supereroe*)

Illustrazioni di Alessandro Sanna
Grafica di Marina Bassi

www.ragazzimondadori.it

Prima edizione novembre 2012
Stampato presso Mondadori Printing S.p.A.
Stabilimento di Verona
Printed in Italy
ISBN 978-88-04-62551-3

SOMMARIO

Cari lettori,
festeggiamo il sesto libro che Mediafriends dedica ai bambini con un'importante novità. Anzi due.

La prima è che questo volume, come vedete, è diverso dai precedenti: un po' più adulto – ormai abbiamo sei anni – e, ci auguriamo, ancora più prezioso.

La seconda novità riguarda l'iniziativa che abbiamo deciso di sostenere con i fondi che raccoglieremo. Quest'anno finanzieremo un progetto interamente rivolto ai bambini italiani, un progetto che si basa su uno dei mezzi espressivi più belli, più allegri e più profondi: la musica.

Il vostro impegno economico sarà infatti destinato al "Comitato Orchestre e Cori Giovanili e Infantili", una Onlus che ha l'obiettivo di diffondere gratuitamente in Italia la possibilità di imparare a cantare, di suonare uno strumento e di stare insieme ad altri ragazzi. Si tratta di una cosa seria che ha ricevuto l'alto patronato del Presidente della Repubblica e che vede come presidente onorario dell'associazione il maestro Claudio Abbado.

Già oggi il "Comitato Orchestre e Cori" è attivo in Italia con 23 sedi in 12 regioni del Nord, del Centro e del Sud. E coinvolge oltre 6 mila ragazzi dai 4 ai 16 anni. Ovvio che per sviluppare un'attività di buon livello e consentire che sia gratuita per tutti servono moltissimi strumenti musicali e il lavoro di un numero sempre crescente di musicisti e formatori professionali.

Abbiamo deciso che quest'anno puntiamo su di loro, perché aiutare i ragazzi ad appassionarsi alla musica è un'opportunità straordinaria: seguire un percorso musicale di gruppo è un'occasione per trovare la propria strada, per crescere, per portarsi dentro una ricchezza che durerà tutta la vita.

E voglio aggiungere che questi sono valori che Mediaset ha ben presenti. Perché li tocchiamo con mano anche in molti nostri programmi, per esempio "Io Canto" condotto da Gerry Scotti e "Amici" di Maria De Filippi. I ragazzi studiano, si impegnano e arrivano al grande momento in cui eseguono i pezzi in pubblico e raccolgono i risultati che meritano.

Ecco, la TV non può ovviamente dare questa opportunità a tutti i ragazzi ma l'associazione che aiutiamo sì, e lo può fare in tutte le città italiane.

Come Presidente di Mediafriends sono quindi particolarmente felice di potere contribuire, attraverso la vendita di questo libro, a un'esperienza italiana che vale.

Ringrazio tutti voi per la fiducia.

Pier Silvio Berlusconi
Presidente Mediafriends

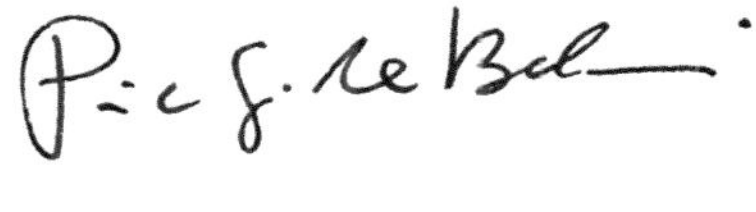

SOGNANDO A TEMPO DI MUSICA

Crescere è un mestiere impegnativo e delicato, e spesso i "grandi" si dimenticano quanto sembrino insormontabili le difficoltà che s'incontrano nel corso dell'adolescenza. A volte, a ricordarcelo, sono eventi tragici, che magari arrivano a riempire le pagine dei quotidiani o i titoli d'apertura dei telegiornali della sera. Ecco, "L'amico Charly" esiste per questo, per riconoscere e contenere il disagio prima che diventi troppo pesante per essere sopportato.

Lo scopo de "L'amico Charly" è ambizioso. L'associazione vuole accompagnare nel proprio percorso di crescita chi è in difficoltà, proteggere e aiutare chi rischia di perdersi in quel frangente tra l'infanzia e l'età adulta, ridare speranza a chi l'ha persa, ricordare che con l'aiuto giusto ogni problema può essere risolto e superato. Grazie ai tanti che sostengono e collaborano con "L'amico Charly" è stato possibile aprire ai ragazzi laboratori creativi dove studiare hip hop e breakdance con ballerini professionisti, dare loro la possibilità di recitare e ballare in veri spettacoli, imparare a disegnare o lavorare in una vera radio. Si è formata un'équipe di psicologi ed esperti, si è incoraggiato il dialogo tra scuole, ragazzi e genitori. Dietro a tutti questi progetti diversi tra loro c'è la medesima filosofia: non lasciare nessuno solo. Dimostrare a chi ne dubita che la vita, per quanto difficile, merita sempre di essere vissuta.

www.amicocharly.it

L'AMICO CHARLY ONLUS

SOPRAVVIVERE ALL'ADOLESCENZA.

Alice accostò la porta di camera sua, poi prese dall'armadio la borsa più grande che possedeva e ci infilò dentro la minigonna di jeans e la maglietta rossa decorata con piccole stelle argentate. Dal cassetto del suo comodino recuperò un lucidalabbra rosa e la matita per gli occhi. Sentendo un rumore proveniente dal salotto, si sporse fuori dalla stanza, scrutando il corridoio: la mamma era in cucina a rassettare, papà sfogliava il giornale seduto sul divano. Se avessero scoperto ciò che stava facendo, avrebbe passato grossi guai.

Il fatto è che Alice amava ballare più di ogni altra cosa al mondo. Si sentiva felice quando poteva seguire la musica, muoversi a ritmo ripetendo i passi e le coreografie insieme a Margherita, la sua migliore amica, studiandosi allo specchio per ottenere movimenti sempre più armoniosi e perfetti. Per questa ragione trascorreva gran parte dei pomeriggi della settimana alla scuola di danza del quartiere, luogo che per lei era diventato una seconda casa. La mamma l'aveva iscritta quando aveva cominciato il primo anno delle elementari, e subito era stato chiaro che la danza sarebbe diventata il futuro di Alice. Quando hai una passione vera, non puoi perdere occasione di fare ciò che ami.

Alice si rigirò tra le mani il volantino che alcuni ragazzi avevano distribuito fuori da scuola: grosse lettere di colore fluo annunciavano l'apertura di una nuova discoteca. Sarebbe stata la più grande e moderna della città, con tre diverse sale e altrettanti famosi dj. La mamma non le avrebbe mai dato il permesso di andarci; sosteneva che le discoteche fossero ambienti poco sicuri, diceva che non erano tutte persone per bene, quelle che andavano a ballare, e che una ragazzina di quattordici anni era ancora troppo giovane per frequentare quel genere di posto. Alice però sospettava che non sarebbe arrivata tanto presto l'età che sua madre reputava giusta per andare a ballare, così ne aveva parlato con Margherita e insieme avevano deciso di raccontare una piccola bugia per non perdersi l'inaugurazione dello Universe, prevista per domenica.

Ecco perché quel pomeriggio uscì di casa con la borsa piena e diversi libri di

scuola in mano, raccontando ai genitori che sarebbe andata a casa della migliore amica per studiare in vista di alcuni compiti in classe. Poiché la famiglia Bosotti abitava solo a qualche via di distanza, la mamma e il papà non ebbero nulla da obiettare e, in breve, Alice fu per strada. Citofonò all'amica, poi si cambiò i vestiti nell'atrio deserto del palazzo. Nascosero libri e zaini nello stanzino delle scope e uscirono insieme dirette alla fermata dell'autobus, saltellando dalla gioia e dall'impazienza di vedere la nuova discoteca.

L'autobus imboccò una via stretta, poi sbucò in una piazza e improvvisamente Alice e Margherita la videro: era una grande struttura colorata, con il tetto a cupola e un'insegna luminosa fatta di neon che si accendevano a intermittenza, proiettando luci colorate tutto intorno.

— Wow! — esclamò Alice scendendo dall'autobus, senza staccare gli occhi dallo Universe. Una piccola folla di ragazzi si accalcava all'ingresso, dove due buttafuori decidevano chi poteva entrare e chi no. Sin dalla strada si sentiva la musica, Alice non vedeva l'ora di lanciarsi in pista e scatenarsi.

— Speriamo che ci facciano entrare! — mugolò Margherita, che aveva l'abitudine di prepararsi sempre al peggio. Così si confusero tra la folla, cercando di attirare l'attenzione dell'uomo che dalla soglia scrutava i ragazzi impazienti di ballare. Passarono i minuti e Margherita cominciava a innervosirsi; le porte si aprivano solo per alcuni gruppi di ragazzi più grandi di loro. All'ennesima volta che venivano superate da qualcuno, Margherita sbottò: — Ehi, non è giusto, c'eravamo prima noi!

I tre ragazzi a cui il buttafuori aveva fatto cenno di passare si voltarono verso le due amiche. Alice arrossì, visibilmente imbarazzata. Ma Margherita non aveva intenzione di cedere. — È mezz'ora che siamo in fila! — spiegò. Uno dei tre, con bellissimi occhi verdi che affioravano dietro i capelli chiari che gli ricadevano sulla fronte, si avvicinò a loro con un sorriso divertito.

— Be', allora potreste entrare insieme a noi — propose. Il buttafuori si limitò a sollevare le spalle, come a dire "fate un po' come volete". Alice e Margherita non se lo fecero ripetere e si accodarono ai ragazzi, passando oltre la massiccia porta metallica dipinta di nero e ritrovandosi nella grande stanza dalle pareti ricoperte di specchi che costituiva l'ingresso dello Universe.

Alice, che fino a un istante prima era ancora imbarazzata per quanto accaduto, dimenticò l'incidente con il buttafuori e prese a guardarsi intorno senza parole. La musica che arrivava dalla consolle la invitava a lanciarsi in pista, dove già una folla di ragazzi si scatenava seguendo il dj. Margherita la prese per mano e la trascinò nella sala illuminata da fari azzurri e verdi che attraversavano la stanza per poi puntare il soffitto, disegnando giochi di luce colorata. Alice cominciò a seguire il ritmo, lasciandosi andare alla magia che sempre la conquistava quando sentiva una musica che poteva ballare, dimenticando le regole e la tecnica su cui Maddalena, la sua insegnante di danza, tanto insisteva nel corso delle lezioni pomeridiane.

Fu un pomeriggio di gran divertimento, Alice e Margherita conquistarono presto il centro della pista: erano davvero brave, tanto da attirare l'attenzione di molti ragazzi che si avvicinarono per ballare con loro.

— Acqua! Ho sete! — urlò Alice all'amica, quando il dj cambiò stile puntando su un sound più lento. Margherita sorrise, facendole cenno di andare da sola perché lei preferiva continuare a ballare. Così la ragazza si fece largo tra la folla decisa a raggiungere i bagni, che aveva visto vicino all'ingresso. Qualche minuto dopo uscì dalle porte in stile saloon, e mentre cercava di trovare un varco tra le ragazze in coda per entrare a sistemarsi il trucco, qualcuno posò la mano sul suo braccio, trattenendola.

UNIVERSE

— Ehi! — esclamò una voce sconosciuta. Alice si voltò, sorpresa: davanti a lei c'era il ragazzo con i capelli chiari che le aveva fatte entrare. La fissava e sorrideva. — Siete brave, tu e la tua amica, dovreste ballare un po' con noi. In fondo è merito nostro se vi hanno fatto passare! — disse con tono scherzoso ma allo stesso tempo deciso, quasi autoritario. Lei non poté che ricambiare il sorriso, pensando che quel ragazzo era davvero carino. Ma il suo atteggiamento la intimidì, e Alice iniziò a cercare con lo sguardo Margherita tra i ragazzi che affollavano la pista.

— Mi chiamo Matteo — disse lui.

— Io sono Alice.

— Be', vedo che sei impegnata. Ci si vede domenica prossima! — la salutò. Poi rimase a osservarla mentre lei si allontanava, confondendosi tra i ballerini scatenati.

Alice si stava allacciando le scarpette, pronta a cominciare una nuova lezione di danza classica con Maddalena, quando Margherita entrò di corsa nello spogliatoio della palestra.

— Non crederai mai a quello che ho scoperto! — disse quasi gridando.

— Sei in ritardo — le fece notare Alice, senza alzare gli occhi dai nastri rosa pallido che si intrecciavano attorno alla sua caviglia.

— D'accordo, ma guarda qui! — insistette Margherita, sventolandole sotto il naso la pagina di un settimanale di gossip. — Guarda che cosa ho trovato in una delle riviste che legge mia madre! — Alice impiegò qualche istante per mettere a fuoco l'immagine e comprendere di che cosa si trattava. Era una foto di Tania Talara, la ballerina diventata celebre per un popolare programma di danza trasmesso in televisione il sabato sera. E, accanto alla donna, c'era un ragazzo dai capelli chiari: Matteo, suo figlio diciottenne. Lo stesso ragazzo che un paio di giorni prima le aveva fatte entrare allo Universe.

— Incredibile! — esclamò Alice.

Per tutte le ore successive, mentre il suo corpo eseguiva i movimenti dettati da Maddalena, la testa di Alice vagava altrove, sognando Tania Talara, che era riuscita ad avere successo dedicando la propria vita alla danza, e pensando agli occhi verdi e al bellissimo sorriso di suo figlio Matteo.

Naturalmente a Maddalena non sfuggì il fatto che la sua migliore allieva quel pomeriggio fosse irrimediabilmente distratta.

— Che succede, Alice? — chiese trattenendola, mentre le altre tornavano verso lo spogliatoio, alla fine della lezione.

— Niente, ero solo sovrappensiero — abbozzò la ragazza.

— Può capitare, certo. Ma se vuoi arrivare pronta ai provini per entrare all'Accademia devi restare concentrata — le ricordò Maddalena.

L'Accademia Internazionale era la scuola di danza più prestigiosa del Paese, quella da cui uscivano gli artisti

che si esibivano nei teatri più famosi. Alcuni erano addirittura approdati al cinema e in TV. Mancavano meno di sei mesi alle selezioni d'ammissione per l'anno successivo e sicuramente i candidati sarebbero stati tantissimi; ma Alice studiava da anni, ormai. Ed era determinata a presentarsi a quell'appuntamento al massimo delle proprie possibilità.

— Passerò le selezioni — affermò. Maddalena sorrise con affetto, rassicurata dalla determinazione che vedeva nella sua studentessa più promettente.

— D'accordo. Ma ricorda che puoi venire da me, se hai bisogno di un consiglio o se desideri qualche allenamento extra.

Alice annuì, recuperò la sua sacca e uscì dalla palestra. Sapeva bene che Maddalena rappresentava la sua chance di diventare una ballerina professionista. Quello a cui stava pensando durante la lezione, però, era altro: Tania Talara era una delle insegnanti all'accademia, dove ogni anno teneva un seguitissimo corso di danza moderna. Inoltre era membro della giuria che selezionava i nuovi studenti. E lei aveva appena conosciuto suo figlio.

La settimana sembrava non passare mai, tra scuola, lezioni pomeridiane con Maddalena e compiti serali. Poi, finalmente, arrivò la domenica. Alice e Margherita si erano accordate per ripetere il piano

che la settimana precedente aveva funzionato tanto bene, senza destare alcun sospetto nei genitori. Così le due amiche nel primo pomeriggio si trovarono nuovamente all'ingresso della grande discoteca, affollata da gruppi di ragazze in minigonna e top sgargianti. Questa volta il buttafuori le lasciò entrare subito, e loro si lanciarono in pista scatenandosi a tempo di musica. Alice però non poteva trattenersi dal lanciare occhiate in giro. Era curiosa di scoprire se anche Matteo era lì. Le aveva detto: "Ci vediamo domenica prossima", quindi era possibile che fosse tornato. E poi lo vide. Era circondato da alcune ragazze vestite in modo provocante e da amici che ridevano divertiti. Aguzzò gli occhi per vedere meglio e riconobbe Noemi, la ragazza più popolare del liceo che frequentava; ovviamente la conosceva solo di vista, perché lei e Margherita erano al primo anno mentre Noemi era all'ultimo. Stava raccontando qualcosa a Matteo, che si chinò per ascoltare meglio e poi sorrise. Non c'era da stupirsi se il ragazzo attirava tanta attenzione! "Sua madre è Tania Talara" sospirò Alice, pensando a quante cose interessanti lui avrebbe potuto raccontarle sul mondo della danza.

Alice continuò a lanciare occhiate verso l'angolo della sala dove ballava Matteo circondato dal suo gruppo di amici, finché non lo perse di vista; allora

si dedicò esclusivamente alla musica. Fu a quel punto che le luci colorate cominciarono a correre sul soffitto, lasciando la sala al buio; quando i fari tornarono a puntare sulla folla di ragazzi, Alice realizzò di essere rimasta sola: Margherita era sparita. Mentre cercava con lo sguardo l'amica, i suoi occhi incrociarono quelli di Matteo. Il ragazzo ballava vicino a lei, sorridendole. Anzi, se non fosse stato incredibile, Alice avrebbe detto che Matteo stava proprio ballando con lei! Fortunatamente il buio nascondeva il rossore che le aveva colorato il viso, e muoversi a ritmo le veniva tanto naturale che nessun imbarazzo avrebbe potuto fermarla.

Poi, quando il dj cambiò canzone, Matteo le si fece vicino per farsi sentire nonostante la musica. — Andiamo a bere qualcosa — propose. E lei lo seguì, incredula.

Sorseggiando la bibita che lui le aveva offerto, Alice scoprì che il figlio della ballerina più famosa del Paese era un ragazzo davvero simpatico: superando la timidezza era riuscita a chiedergli di Tania e dell'ultimo programma di successo a cui aveva partecipato. Lui le spiegò come funziona un provino, cosa succede dietro le quinte di uno spettacolo, le parlò anche della difficoltà di stare dietro a una madre in tournée in giro per il mondo. Matteo chiacchierava volen-

tieri e rispondeva con entusiasmo a tutte le domande di Alice; le disse addirittura che aveva talento, che sapeva ballare bene. Allora lei gli parlò del suo sogno di entrare all'Accademia.

— Forse mia madre potrebbe aiutarti a superare la prova di ammissione: fa parte della giuria che valuta le ragazze — spiegò Matteo.

Noemi li interruppe, piombando alle spalle di Matteo. — Ecco dove ti eri cacciato! — esclamò.

Matteo le presentò Alice. — Siamo nella stessa scuola, io sono al primo anno — disse lei.

Noemi scosse la chioma di lunghi capelli castani sorridendo in modo amichevole. — Allora ci si vede in corridoio! — commentò.

Quando poco dopo Alice ritrovò Margherita, non stava nella pelle: sulla strada del ritorno le raccontò tutto quello che era successo, le riportò l'intera conversazione che aveva avuto con Matteo. Era assolutamente felice, tanto che quella sera faticò ad addormentarsi. E quando finalmente scivolò nel sonno, sognò scarpette da punta e teatri.

Alice rivide Matteo tutte le domeniche successive; lei e Margherita conobbero meglio Noemi, si aggregarono alla compagnia dei loro amici, ballavano tutti insieme. C'era Dani, che faceva battute su ogni cosa, e Paolo, che frequentava una scuola privata ed era in classe con un giocatore di calcio. Erano ragazzi interessanti, sembravano conoscere tutti, con loro il divertimento era assicurato. Frequentavano l'ultimo o il penultimo anno di scuola, erano belli, vestivano alla moda, molti di loro possedevano già la macchina. Fuori dalla discoteca, nel tardo pomeriggio, c'era sempre qualcuno che si offriva di riaccompagnarle a casa, così che non dovessero aspettare l'autobus. Certo, bevevano drink alcolici e spesso uscivano per fumare sigarette, ma mai nessuno fece pesare ad Alice e Margherita la loro scelta di non unirsi a loro.

Alice si divertiva molto, perché erano davvero simpatici. E, tra tutti, il più speciale era Matteo: sulla pista da ballo le stava sempre vicino e spesso riusciva a fare in modo di rimanere per un po' da solo con lei. Mentre sedevano sui divanetti accanto al bar, le raccontava del programma televisivo in cui lavorava sua madre, degli insegnanti dell'Accademia e di tante altre cose che Alice mai avrebbe saputo senza di lui.

Poi un sabato, di ritorno da scuola, si presentò il primo problema. Alice stava già pregustando la domenica in discoteca, cercando di decidere quale maglietta avrebbe indossato. Elencava i possibili abbinamenti, concentrata sul contenuto del proprio armadio, e non si era accorta che Margherita stava in silenzio, crucciata, da un po' di tempo.

— ... e non so se sta meglio con la minigonna o con i miei nuovi jeans aderenti! — concluse Alice, guardando l'amica in cerca d'aiuto.

— Io non credo che verrò a ballare, domani — disse lei, senza alzare lo sguardo dalla strada.

— Eh? — esclamò Alice, bloccandosi in mezzo al marciapiede. — In che senso?

— Non ne ho molta voglia. Non possiamo fare qualcosa di diverso, per una volta?

— Intendi che non hai voglia di ballare? — domandò Alice, incredula.

Allora Margherita la fissò seria.

— Ali, tu non vai più allo Universe per ballare, tu ci vai per Matteo!

— E tu non ci vuoi più venire perché sei invidiosa! — ribatté Alice, piccata.

Margherita la guardò negli occhi, poi fece per allontanarsi in silenzio, senza aggiungere nulla. Quando fu a qualche passo dalla fermata dell'autobus, si voltò verso l'amica e le chiese: — Non hai notato quanto bevono?

— Be', alla loro età è normale...

— E quando spariscono per un po' e poi ricompaiono senza dire dove sono stati?

— Escono in strada a fumare le sigarette!

— Ne sei sicura? — domandò Margherita. Ma non aspettò la risposta, perché si voltò e salì sull'autobus che era appena arrivato.

"È solo invidiosa" provò a ripetersi Alice mentre andava a passo spedito verso lo Universe, quella domenica pomeriggio. Ma per quanto tentasse di convincersi che si trattava solo di quello, di gelosia, perché un ragazzo bello come Matteo si interessava a lei, non riusciva a smettere di rimuginare su ciò che aveva detto Margherita. Da un lato Alice avrebbe voluto chiamarla e chiederle esattamente di che cosa stava accusando i loro nuovi amici, dall'altro era ancora troppo arrabbiata per farsi sentire.

"Se vuole passare il pomeriggio a casa da sola, sono problemi suoi!" concluse, intravedendo tra la folla Noemi che le faceva un cenno di saluto con la mano. Ballare senza Margherita non era la stessa cosa, si conoscevano da quando erano piccole ed erano abituate a fare qualsiasi cosa insieme, ma la musica scelta dal dj e le chiacchiere allegre di Noemi – che aveva mille cose da dire praticamente su tutti i ragazzi della sua scuola ed era una fonte inesauribile di pettegolezzi – bastarono a farle tornare il buonumore. E poi c'erano le luci, la sala buia, il suo cuore che sembrava adeguare il battito a quello delle casse, il bisogno di ballare, gli occhi verdi di Matteo: Margherita era una stupida a non voler più frequentare quel posto fantastico!

Probabilmente non avrebbe più pensato all'argomento, se più tardi Matteo non le avesse chiesto di fargli compagnia al bar.

— Sei venuta da sola, oggi — disse mentre il barista gli preparava un cocktail colorato.

Alice s'incupì e Matteo insistette per farsi raccontare quello che era accaduto: ascoltò della discussione e dell'improvviso malumore di Margherita, e tentò di consolare la ragazza affermando che tra amici è normale discutere, di tanto in tanto.

— Comunque non preoccuparti, adesso ci siamo noi, qui con te! — concluse indicando Noemi, che ballava in pista con Dani. E Alice sentì stringersi lo stomaco al

pensiero di sostituire la sua amica di sempre con nuove conoscenze. Si consolò pensando che era fortunata ad aver incontrato Matteo: nonostante quello che sembrava pensare di lui Margherita, per lei era un ragazzo davvero speciale.

La settimana seguente ebbe una conferma di quanto il suo nuovo amico fosse generoso: sapendo che Alice non poteva più contare su Margherita, le propose di passare da lui dopo pranzo, per cambiarsi a casa sua e poi andare allo Universe insieme.

— Tanto mia mamma non c'è: ha le prove del suo nuovo spettacolo! — aveva spiegato.

Alice accettò volentieri l'offerta, realizzando che vederlo anche fuori dalla pista da ballo le dava un po' di batticuore.

In certe situazioni un'amica è esattamente quello che ci vuole: altrimenti, a chi altro puoi raccontare di come il ragazzo più bello che conosci ti abbia trattato come una principessa, offrendoti addirittura di sbirciare nella palestra allestita nel seminterrato, dove Tania Talara si allenava? Certo, quando Alice arrivò in discoteca provò a raccontare a Noemi quanto Matteo fosse stato eccezionale con lei, ma non era esattamente come parlare con Margherita. C'era però una cosa, che Noemi esclamò ridendo, su cui Margherita si sarebbe detta d'accordo: si stava irrimediabilmente innamorando di quel ragazzo.

E la cosa davvero incredibile, a parere di Alice, era che Matteo sembrava ricambiare: la ricopriva di complimenti affermando davanti a tutti che nessuna ballava bene come lei, le stava vicino, spesso si fermava a osservarla con uno strano sorriso sulle labbra. Un sorriso dolcissimo. Gli unici momenti in cui non stavano assieme erano quelli in cui lui spariva misteriosamente con Dani o qualche altro amico: d'altronde è normale che i ragazzi a volte vogliano stare per i fatti propri. A parte quelle brevi parentesi, Matteo sembrava non avere occhi che per lei. Per Alice era una sensazione bellissima: ogni volta che lo incontrava, ogni minuto in più trascorso in sua compagnia, si sentiva più legata a lui. E, quando una persona a cui tieni così tanto ti chiede un piacere, è normale accettare. In fondo, si trattava di una piccola cosa.

— Quindi devo portarlo a quei ragazzi là fuori? — chiese Alice rigirandosi tra le dita il piccolo pacchetto che Matteo le aveva messo in mano. Era una domenica meno affollata del solito, e loro due erano appena arrivati al locale.

— Esatto, al ragazzo con il cappello bianco e la maglietta nera.

Alice era perplessa: perché mai doveva andare da uno sconosciuto e consegnargli... già, che diamine erano quelle pillole? Come se Matteo potesse leggerle nella testa, subito le spiegò: — Sono integratori.

Alice sollevò un sopracciglio, incerta.

— Sono difficili da trovare e servono per concentrarsi meglio sullo studio, per preparare gli esami.

— Quali esami? — domandò lei.

— Gli esami dell'università — rispose lui, con una nota di fastidio nella voce. — Non è come fare i compiti di scuola, sai?

Alice si sentì un po' stupida e in imbarazzo.

In fondo si trattava di un favore da nulla. Come poteva dirgli di no, dopo tutto quello che aveva fatto per lei? Così Alice andò a consegnare al ragazzo con la maglietta nera la busta di pillole bianche. Poi ne consegnò altre a un ragazzo alto due metri, poi a un'amica di Dani e anche a un'amica di Noemi, che frequentava la sua stessa scuola e quindi non aveva sicuramente esami universitari da preparare. Ma Alice si trattenne dal fare altre domande, perché temeva che stavolta Matteo si sarebbe arrabbiato.

Nel periodo successivo la lista dei favori fatti a Matteo si allungò sempre più, così come il numero di sacchetti trasparenti fatti scivolare nelle mani di amici e sconosciuti. Era una situazione strana, Alice lo capiva bene. Quello che non le era chiaro era il perché di tutta la segretezza che circondava quelle che, a detta di tutti, erano solo medicine per concentrarsi meglio; e poi spesso si domandava perché dovesse essere lei, a distribuirle: non poteva pensarci Matteo, se era proprio così importante? Perché importante lo era di certo. Quando Alice faceva il suo dovere, Matteo era carino e di ottimo umore; aveva cominciato a farle perfino qualche regalo: una collana colorata, un lucidalabbra nuovo e il cd con la compilation delle canzoni più suonate in discoteca. Le cose cambiavano radicalmente se Alice tentava di

sottrarsi alle richieste di Matteo, magari anche solo per restare in pista a ballare. In quei casi, il ragazzo diventava prepotente e teneva il broncio finché lei non cedeva.

Un pomeriggio Alice tentò di parlarne con Noemi. Dopo aver consegnato una manciata di pastiglie a una ragazza che non aveva mai visto prima, incrociò la sua nuova amica. Provò a parlarle dei suoi dubbi, ma Noemi esplose in una sonora risata, sostenendo che non c'era nulla di sbagliato nell'aiutare il ragazzo che ti piace. D'accordo, non era su questo che Alice aveva dei dubbi, erano ben altre le cose che la lasciava-

no perplessa. Ma Noemi non le diede il tempo di spiegarsi meglio, perché la trascinò sotto la consolle del dj, dove entrambe si lasciarono rapire dalla musica.

I guai veri cominciarono quando Alice sollevò l'argomento con Matteo. Aveva passato la domenica a consegnare buste e praticamente non era riuscita a mettere piede in pista. Questa volta era lei, a essere di pessimo umore.

— Che c'è? — le chiese Matteo incrociandola nel piccolo atrio su cui si affacciavano i bagni.

— Non vengo certo in discoteca per fare il fattorino! Non voglio più saperne delle tue buste — esclamò Alice. Matteo le afferrò il polso, stringendo così forte da farle male.

— Ah, sì? Però ti va bene se ti lascio venire da me per cambiarti e se poi ti riaccompagno a casa in macchina!

Nei suoi occhi Alice vide rabbia, e si spaventò.

— Ma cosa c'entra… — provò a ribattere. E gli avrebbe anche spiegato che con lui stava bene, ma che non le andava di essere coinvolta nei suoi giri di pastiglie per lo studio, o qualunque cosa fossero. Ma Matteo non gliene lasciò l'occasione. Probabilmente intuì da solo che cosa Alice voleva dirgli. La strattonò forte, poi indicò Noemi, che rideva in un angolo della sala principale.

— Devi smetterla di comportarti come una bambina! Guarda Noemi: lei sì, che non crea mai problemi!

Stava cercando di ingelosirla, Alice lo intuì facilmente. Poi le diede una spinta, e Alice finì contro lo stipite della porta, sbattendo la testa contro il legno duro. Ma non fu quello a ferirla davvero; ciò che più di tutto le fece male fu la frase che Matteo disse prima di andarsene: — Non provare a metterti contro di me! Se lo fai, troverai le porte dell'Accademia chiuse per sempre!

Lunedì mattina è spesso un giorno difficile. Ma quel lunedì, per Alice, fu davvero da incubo. Durante la notte un grosso livido era comparso sotto la tempia, vicino all'occhio destro e lei era stata costretta a uscire di casa molto prima del solito per non farsi vedere da sua madre. "Faccio colazione al bar con Margherita, per ripassare matematica!" aveva lasciato scritto su un biglietto in cucina. Doveva solo sperare che i suoi genitori ci credessero, poi alla sera avrebbe potuto raccontare di essere caduta in palestra.

Comunque non si trattò completamente di una bugia: Margherita la incontrò davvero, all'angolo della strada che portava al liceo.

— Che succede? — esclamò preoccupata, guardandola dritto in faccia.

— Ehm... — balbettò Alice per prendere tempo, mentre cercava di capire se poteva mentire a quella che fino a poco tempo prima era

stata la sua migliore amica. Non ce ne fu bisogno: dalla litigata che avevano avuto non si erano più parlate, ma Margherita comprese al volo la situazione.

— Scommetto che è colpa sua! — esclamò avvicinandosi al viso di Alice per valutare meglio la gravità del livido.

— Non voleva farmi male, è stato un incidente — disse debolmente Alice. Ma era chiaro che non ci credeva troppo neppure lei. Le due amiche sedettero sul bordo del giardinetto davanti a scuola. Margherita ricordò all'amica che sua madre lavorava come psicologa in un centro impegnato ad aiutare le ragazze in difficoltà.

— Non hai idea di quante volte accada: tu sei innamorata persa e lui ti ricambia con uno schiaffo!

— Non mi ha schiaffeggiato — affermò Alice, che in effetti sulla prima parte dell'osservazione di Margherita aveva poco da controbattere: si era presa una cotta colossale per Matteo, inutile negarlo.

— Devi denunciarlo! — insistette lei. E forse avrebbe anche insistito per chiamare subito sua madre, se proprio in quel momento non fosse comparsa Noemi, con la sua folta chioma raccolta sulla nuca e il passo sicuro.

— Tesoro, che è successo? — esclamò sedendosi accanto ad Alice. E non ebbe neppure bisogno di attendere la risposta, perché subito aggiunse: — Non preoccuparti, sono cose che succedono, tra innamorati. — Mentre cercava di consolarla, Noemi frugò nella sua city bag e tirò fuori una trousse di cosmetici degna di un truccatore professionista.

— Ecco qui! — disse passando un generoso strato di fondotinta sulla pelle bluastra. Alice tratteneva a stento le lacrime. Vedeva lo sguardo sbigottito e arrabbiato di Margherita, e sapeva che la sua amica aveva ragione, non avrebbe dovuto fargliela passare liscia. Quello che Margherita non capiva era che non poteva farlo: avreb-

be significato dover raccontare ai propri genitori mesi e mesi di bugie. E, cosa ancora più grave, avrebbe significato perdere Matteo per sempre.

Il livido andò via piano piano, nei giorni seguenti. L'inquietudine di Alice invece no, quella aumentò nel corso della settimana. La domenica accaddero due cose. Matteo si comportò come il ragazzo più dolce e gentile dell'universo, e questo contribuì a rassicurare Alice; in fondo, un ragazzo con quel sorriso bellissimo non poteva essere un mostro. Però costrinse anche Alice a uno sfiancante giro di consegne per tutta la discoteca. E questo non la rassicurò affatto.

Il martedì Alice lo trovò davanti alla scuola, ad aspettarla.

— Ho pensato di farti una sorpresa! Possiamo passare il pomeriggio insieme — disse, passandole un braccio sulla spalla. Alice apprezzò talmente tanto quel gesto da non fare quasi caso al fatto che le successive ore le trascorsero in giro per la città: ai giardini pubblici, a casa di un amico, al bar del quartiere. Ogni volta Alice scendeva dalla macchina e andava a consegnare un pacchetto a qualcuno. Non era la cosa più romantica del mondo, ma stare con Matteo era bellissimo: insieme ridevano e scherzavano, lui la ascoltava e le raccontava tutti gli aggiornamenti della carriera di Tania.

— Vedrai, quando mia madre ti vedrà ai provini, resterà senza parole! Praticamente hai l'ammissione in tasca — disse lui, prima di riportarla a casa. Alice lo sperava intensamente, anche perché per stare con Matteo ave-

va saltato il pomeriggio di allenamenti con Maddalena.

Saltare le lezioni di danza fu difficile la prima settimana: Alice si sentiva in ansia, aveva paura che i suoi lo scoprissero. Allora ricorse nuovamente a una bugia: raccontò alla mamma che intendeva frequentare meno la palestra per andare in biblioteca a studiare, perché stava rimanendo indietro con alcune materie scolastiche. Passarono i giorni e Alice comprese che non sarebbe successo nulla: la mamma aveva creduto alla sua storia. Poteva stare in giro con Matteo, che la veniva a prendere sotto casa dopo pranzo sempre più spesso.

"Farò così solo per un periodo, poi riprenderò le lezioni e recupererò il tempo perso" giurò a se stessa. Ma i giorni passavano e dire a Matteo che non poteva stare con lui diventava sempre più difficile. Le poche volte che aveva provato ad accennare alla possibilità di andare a lezione di danza, lui aveva risposto bruscamente: — Non ti serve a nulla, tanto c'è mia madre in commissione! — Quel tono di voce ricordava terribilmente ad Alice il giorno in cui lui l'aveva spintonata, facendola finire contro lo stipite della porta. Così Alice scelse di fare come voleva lui, evitando le domande. "Tanto posso sempre ballare allo Universe!" si disse.

Invece si sbagliava anche su questo. Matteo aveva cominciato a lamentarsi del fatto che i ragazzi non le staccavano gli occhi di dosso. — Ti muovi troppo bene e tutti ti guardano. Mi dà fastidio — aveva spiegato. Così passavano a salutare gli altri, Matteo beveva un drink men-

tre Alice chiacchierava con Noemi. E poi risalivano in macchina, vagando per la città e consegnando pacchetti colmi di pillole.

Quelle poche volte che Matteo era impegnato e Alice andava a scuola di danza, la sua testa era altrove. Era distratta, ballava male. Infine arrivò il giorno in cui Maddalena le chiese di trattenersi dopo la lezione. Era un venerdì piovoso, Alice si sentiva grigia come il cielo fuori dalla finestra.

— Se ballerai così, non hai alcuna possibilità di entrare in Accademia — le disse Maddalena quando restarono sole. — Quindi non intendo ammetterti nel gruppo delle ragazze che allenerò per le selezioni.

Alice sentì le gambe tremare.

— No! — esclamò soltanto.

— So quanto ci tieni, ma ultimamente hai perso più della metà delle lezioni. E, quando sei qui, sembri pensare ad altro. Non sarebbe giusto se io mi concentrassi su di te, quando ci sono altre ragazze che si sono impegnate di più e hanno molte più possibilità di entrare in Accademia.

Alice sentì il mondo crollarle addosso. Fu un attimo, il tempo necessario per capire quanto fosse importante per lei la danza. Era la sua vita, e neppure Matteo poteva portargliela via. Guardò il calendario, poi fissò Maddalena negli occhi.

— Due settimane — disse. — Lasciami due settimane per allenarmi seriamente, recuperare e dimostrarti che

posso farcela, che merito di entrare in quella scuola. — Maddalena annuì leggermente. E Alice comprese di dovere fare una cosa, il prima possibile.

Domenica arrivò allo Universe più tardi del solito, perché aveva dedicato un paio d'ore all'allenamento. "Gli spiegherò quanto la danza è importante per me e lui capirà" continuava a ripetersi mentre l'autobus svoltava, sbucando sulla via che costeggiava la discoteca.

In verità Alice tremava al pensiero di quello che sarebbe successo. Amava Matteo, ma ora scopriva di averne anche paura. Non fu lui, però, la prima persona che incontrò come mise piede nella sala di specchi, ma Noemi. Sedeva a terra, con la testa china e lo sguardo vuoto. Era evidente che stava male, eppure nessuno faceva caso a lei.

— Che succede, cos'hai? — chiese Alice all'amica, precipitandosi al suo fianco. Ma Noemi non rispose. Sembrava che non si fosse neppure accorta della sua presenza. Odorava di birra, la sua maglia era bagnata. Bisognava fare qualcosa al più presto.

Alice vide Dani entrare nella sala principale, si alzò e lo rincorse. Come raggiunse la pista da ballo, l'amico era scomparso. Attraversò la folla, sperando di trovare qualcuno di conosciuto. Stava per perdere le speranze e già sentiva l'ansia e la preoccupazione montare nel petto, quando si trovò davanti Matteo.

— Vieni! —urlò per farsi sentire. Gli prese la mano e

lo trascinò fuori dalla ressa. — Sta male! — disse con impeto, indicando Noemi.

— Eh, sì — constatò Matteo, che non sembrava affatto preoccupato. Anzi: sorrideva divertito, scrutando l'espressione persa della ragazza a terra. Alice ebbe l'impressione di vivere un incubo, possibile che nessuno capisse la gravità della situazione?

— Dobbiamo aiutarla — spiegò, innervosendosi.

— Ma no, basta aspettare qualche ora e poi le passa — rispose Matteo. Alice era allibita e disgustata: si comportavano tutti in modo orrendo e mostruoso.

— Comunque, mi stavo giusto domandando dove fossi finita. Ho qualche sacchetto da dare a un amico... — Alice non sentì il resto della frase.

In quel momento comprese che a Matteo importava solo di se stesso; se a terra ci fosse stata lei, invece che Noemi, lui avrebbe certamente dimostrato la stessa indifferenza.

— Mi dispiace, dovrai consegnarli tu. Io non posso più aiutarti, devo preparare il provino per entrare in Accademia — disse con decisione. Una parte di lei era furiosa e delusa, un'altra parte aveva una disperata paura di perdere Matteo.

Il ragazzo le lanciò uno sguardo incredulo.

— Sei davvero un'ingrata! — esclamò. — Tu non meriti affatto di entrare in quella scuola! — aggiunse, afferrandola e iniziando a strattonarla.

Alice non comprese subito quello che stava accaden-

do: le braccia forti di Matteo la spinsero indietro, lei tentò di spostare il peso per non cadere, ma inciampò nella borsa di Noemi e finì malamente a terra. Solo che Matteo ancora stringeva il suo polso, e il braccio fece un movimento innaturale. Alice provò una fitta lancinante di dolore, chiuse gli occhi e si ritrasse.

— Ecco, così i provini non potrai farli in ogni caso — affermò con tono tranquillo. Poi le si avvicinò, abbracciandola. — Scusa, non volevo farti male. Ma mi hai provocato!

Alice non riusciva a parlare dal dolore che provava: sentiva la pelle bruciare, le ossa pulsare, non riusciva a muovere la mano.

— Vieni, ti porto al pronto soccorso — disse Matteo, sospirando. — Però dovrai dire che sei caduta a terra inciampando da sola.

Sentendo quell'ultima frase, Alice si sentì raggelare. Gli occhi le si riempirono di lacrime. Ma non era il dolore al braccio a farla piangere.

— Non voglio più mentire — sussurrò lei con un filo di voce. Per un lunghissimo momento si fissarono in silenzio.

— Allora non contare su di me — disse Matteo, prima di voltarsi e tornare nella sala dove tutti si scatenavano al ritmo della musica.

Alice si guardò attorno: nessuno si era accorto di quanto era accaduto, nessuno faceva caso a lei. Perfino Noemi giaceva ancora immobile. Allora tirò fuori il telefono dalla tasca e chiamò l'unica persona che avrebbe potuto aiutarla.

Un'ora dopo Noemi riprendeva lentamente conoscenza distesa su una barella, mentre Alice sedeva davanti a un ortopedico intento a esaminare le lastre del suo braccio. — Dovrà tenere il gesso per un mese — sentenziò. La signora Bosotti, mamma di Margherita, le posò una mano sulla spalla, in segno di incoraggiamento. — Un mese passa presto! — commentò la sua amica. Ma Alice sapeva bene che non era così: avrebbe perso le selezioni per entrare in Accademia. Senza volerlo, ricominciò a piangere.

Quando Alice tornò a casa, con Silvana Bosotti al suo fianco, dovette raccontare tutto quello che era successo ai suoi genitori. Sua madre era così sconvolta che dimenticò di sgridarla. Tutti erano convinti che fosse necessario denunciare quanto accaduto, ma Alice non aveva la forza per farlo; nonostante tutto, lei Matteo lo amava davvero.

Fu un periodo duro, per Alice: non poteva ballare, tutti insistevano sul fatto che il ragazzo di cui era innamorata fosse un mostro, e lui la tempestava di messaggi pieni di sentimento e promesse.

La domenica Alice non andava più allo Universe, ma prese a frequentare il centro dove lavorava la mamma di Margherita. All'inizio le risultava difficile parlare di quello che era successo e di Matteo. Poi, poco alla volta, le parole cominciarono a venire fuori in modo sempre più naturale: raccontò della sua passione per la danza, dei suoi sogni, delle ballerine che ammirava. Così, poco alla volta, Matteo sembrò sempre meno importante. Fu a quel punto che le dissero che quelle pastiglie bianche non erano integratori per lo studio. Le spiegarono che Matteo, avendo compiuto diciotto anni, sarebbe finito in grossi guai se la polizia lo avesse trovato a vendere quella roba. Per Alice fu l'ennesima conferma di ciò che già sapeva: Matteo non meritava il suo amore. Già, la sua testa lo sapeva benissimo. Era il suo cuore a negare l'evidenza.

Fu un lungo percorso, che proseguì anche dopo che le fu tolto il gesso e che il suo braccio fu di nuovo libero di muoversi. Con l'aiuto di Silvana, con l'appoggio dei suoi genitori e di Margherita, Alice trovò dentro di sé la forza di denunciare Matteo. Dovette ignorare i messaggi che lui continuava a mandarle, le parole con le quali insisteva nel dire che soffriva per quello che era successo, che era pentito. Ma lei sapeva di avere fatto la cosa giusta.

Quando arrivò la data delle selezioni per entrare all'Accademia, Alice non pensava più a Matteo. Il suo braccio non era ancora tornato quello di prima, quindi dovette accontentarsi di fare il tifo per Margherita. Lei ci avrebbe provato l'anno seguente. Maddalena si era offerta di farle fare ore straordinarie di lezione per farle recuperare la forma ottimale e prepararla al meglio.

Alice era tranquilla: sapeva di potercela fare. Il suo braccio sarebbe tornato quello di prima, ma lei no. Quello che era successo l'aveva resa più forte. Non avrebbe più permesso che qualcosa l'allontanasse dai suoi sogni. Mai più.

IL GIGANTE E IL RAGAZZINO

Il cavallo è un animale particolare: incute timore ma nello stesso tempo fa sognare di corse sfrenate, cavalieri coraggiosi, capelli al vento, grandi avventure. È un animale imponente dagli occhi dolcissimi, impetuoso ma sensibile a ogni minimo pericolo. Si impenna, fiero, e un attimo dopo può spaventarsi anche per una fronda scossa dal vento.

Forse è per questo che va così d'accordo con gli esseri umani, al punto da creare un legame profondo, perché è proprio come loro: fragile e forte.

Ed è per questo che è nata una attività come la *ippoterapia*. Stare con i cavalli fa bene e al centro ippico "ENZO B" ci crediamo davvero, siamo nati proprio per aiutare chi ha bisogno di riabilitazione fisica o psichica, per chi è portatore di handicap, come Sergio nella storia che leggerete.

L'obiettivo della ippoterapia sta in due grandi conquiste chiamate Autonomia e Autostima.

Ci piace lavorare con i cavalli e le persone finché l'equilibrio raggiunto attraverso attività divertenti, crea grandi magie.

All'inizio non è facile per niente! Si guarda questo gigante a quattro zampe e si pensa: "Non ce la farò mai a starci su senza cadere". Oppure si ha fretta di vedere i risultati e allora ci si scoraggia presto. Ma con il giusto percorso, un po' di pazienza e l'aiuto esperto degli istruttori della "ENZO B", ogni ostacolo viene superato e andare a cavallo diventa un'esperienze indimenticabile.

Sul piano fisico, l'equitazione aiuta i ragazzi disabili come Sergio perché rafforza la postura e migliora sia il coordinamento che l'equilibrio. Tutte cose che servono anche nella vita fuori dal recinto!

Sul piano psicologico, invece, accadono tante piccole magie. Stare in sella è come scoprire un nuovo mondo fatto di emozioni intense. Per alcuni significa superare i propri limiti fisici e provare un senso di dominio e libertà. Riuscire a cavalcare senza perdere il controllo, guidando un bestione di circa quattrocento chili, non è impresa da poco! È per questo che chi fa ippoterapia si sente proprio come un cavaliere coraggioso.

Ma la cosa a cui più teniamo qui alla "ENZO B" è riuscire ad annullare tutte le distanze che separano la "normalità" dalla "disabilità". Come? Prima di tutto con il divertimento, che è una legge universale. Poi con l'amicizia. Tra persone e persone. Tra cavalli e persone.

E questa è la nostra magia più speciale...

www.enzob.org

ENZO B

L'uomo più veloce del mondo si chiama Usain Bolt. Con la sola forza delle proprie gambe è riuscito a raggiungere la velocità di 44,72 chilometri orari.

Con le sue sole gambe, potrebbe battere lo scooter scassone di mio fratello Davide.

Ma non potrebbe cavarsela se a inseguirlo fosse un ghepardo.

I ghepardi vanno a 120 chilometri all'ora. Sulla statale dietro casa mia, un ghepardo beccherebbe un sacco di multe per eccesso di velocità, perché il limite è di 90 chilometri orari.

— Sergio, vuoi spegnere quell'affare? È acceso da due ore.

L'unico che potrebbe battere un ghepardo con la sola forza delle proprie gambe sarebbe Fred Rompelberg, un ciclista olandese che pedalando ha toccato i 268,831 chilometri orari. Più veloce di qualsiasi automobile sull'autostrada.

— Sergio. Basta.

Sergio sono io. La velocità massima che riesco a raggiungere con la sola forza delle mie gambe è praticamente zero. Mio padre dice che non è vero. Dice che con il tutore sono una scheggia, ma adesso ho quasi undici anni e a questa storia non ci credo più. Quando ero piccolo mi divertiva, pensavo che un giorno avrei battuto il record mondiale di camminata con il tutore e i giornalisti sarebbero venuti a farmi le foto come si vede nelle gare di atletica in TV.

Adesso vorrei solo avere le gambe di Usain Bolt. O almeno quelle dei miei compagni di classe.

— Insomma, mi vuoi stare a sentire? — Mio padre si è piazzato davanti alla televisione. Mi strappa il telecomando di mano. Faccio uno sbuffo di protesta, voglio vedere la registrazione dell'ultima maratona di New York, in cui Geoffrey Mutai ci ha messo solo due ore, cinque minuti e cinque secondi per percorrere circa cinquanta chilometri. — Stai incollato alla televisione da troppo tempo. Non ti va di fare un giro al parco? Oggi non devo tornare al lavoro.

Scuoto la testa.

Non ho voglia di guardare gli altri che giocano a pallone o vanno in bici. Solo che a papà non lo dico. Lo so che ci rimane male. Vorrei sforzarmi per farlo contento, come faccio spesso, ma oggi non ne ho voglia. Voglio solo guardare gli atleti alla TV e accumulare immagini per i miei sogni. Di notte sogno sempre di correre più veloce di tutti e di divertirmi a scappare senza che nessuno possa prendermi mai.

— Ti senti bene? Hai la febbre? — chiede papà, mettendomi una mano sulla fronte.

Scuoto la testa.

Non ho la febbre.

Ma se ripenso a quello che è successo oggi a scuola, mi vengono di nuovo i brividi e ricomincio a sudare.

La mia è una bella scuola. Ha il giardino grande e durante la ricreazione, se il tempo è bello, le insegnanti ci portano fuori. I miei compagni fanno a turno per tenermi compagnia e portiamo sempre i videogiochi oppure le bocce o altre cose che si possono fare senza muoversi troppo.

Solo che oggi attorno a me c'erano solo femmine. I maschi erano andati in palestra a fare delle prove per il minibasket, insieme a un insegnante esterno. Le maestre erano lontane, in fondo al giardino, a controllare che quelli di prima non si infilassero i rametti negli occhi a vicenda e non precipitassero dall'altalena.

Io dovevo fare pipì. Ho cercato di trattenerla fino al suono della campanella ma non ce la facevo più. Dovevo andare in bagno e in fretta, prima di combinare un disastro.

Sembra una cosa da niente, lo so.

Ma le mie compagne mi stavano intorno e chiacchieravano e io ho fatto per muovermi da solo col tutore e loro: — No, no, fermo Sergio — perché lo sanno che qualcuno mi deve accompagnare altrimenti posso cadere.

— Non cado — ho affermato, risoluto.

— Ti aiuto io — mi ha detto Sara.

Sara è la più carina della classe, secondo me. Tutti dicono che sia Elena, ma io non sono d'accordo. Sara è speciale perché non si arrabbia mai e a ginnastica corre più veloce di tutti, anche dei maschi.

— Dove vuoi andare? — mi ha chiesto.

Sono arrossito fino alla punta dei capelli. Non volevo dirglielo.

— Non mi serve il tuo aiuto — ho risposto, brusco.

Lei mi ha guardato perplessa. Sembrava offesa. Poi Elena, seduta sul gradino alle sue spalle, ha gridato: — E dai, Sergio, se devi fare pipì lo puoi dire. Non ci teniamo mica a venire in bagno con te.

Le altre si sono messe a ridere.

Sara le ha guardate storto e ha detto: — Vado a chiamare la maestra.

Io sono rimasto lì, aggrappato al tutore, sotto lo sguardo delle mie compagne, e non riuscivo a smettere di sudare. È arrivata la maestra, mi ha accompagnato al bagno e a nessuno sembrava importare ciò che era successo.

I miei compagni erano gli stessi di sempre. Sara mi ha sorriso dal suo banco per due volte. Elena mi ha mandato un bigliettino con un disegno buffo del bidello che chiamiamo Dracula perché ha dei denti gialli e aguzzi che fanno paura. La maestra ci ha messi a fare le operazioni di matematica.

Ma io continuavo a sudare come un'atleta alla fine della gara, col cervello completamente in blocco. Era la prima volta che mi succedeva una cosa del genere e non avevo idea di come comportarmi.

Per la prima volta, mi vergognavo di me stesso.

Non è una gran tragedia.

Questa è la frase preferita di mia madre.

Quando succede qualcosa di brutto, me la ripete con un'alzata di spalle, per rassicurarmi.

Lo disse quando quel ragazzino pestifero all'asilo mi tolse il tutore per farmi cadere.

E quando alla festa d'estate, al lido dove andiamo sempre, la Squadra dei Rossi si accanì con le pistole ad acqua contro di me, visto che non potevo scappare.

E quando fu chiaro che avrei dovuto usare anche la sedia a rotelle perché non ce la facevo a stare in piedi sempre o a camminare per lunghi tratti.

Lei mi raccontò di quel vecchietto di ottantun'anni che è stato multato per eccesso di velocità mentre scorrazzava sulla sua sedia a rotelle elettrica. Ben 9 chilometri orari invece dei 6 previsti dalla legge per mezzi come quello.

Lo ammetto, quella storia mi fece ridere un sacco.

Immaginai il vecchietto con una specie di casco da aviatore e gli occhialoni, a tutta birra sulla sedia a rotelle, mentre il vigile gli correva dietro per fargli la multa.

Ma quando mia madre mi propose di unirmi a un gruppo sportivo per ragazzi "come me", le sbattei la porta della mia camera in faccia.

Io non voglio stare con quelli "come me".

Se potessi, a volte non starei nemmeno con me stesso.

Ma questo a mamma non l'ho detto. Perché lei ripete sempre che non è una tragedia solo perché pensa che io non l'abbia mai sentita piangere per me.

È stato allora che mi sono appassionato di atletica e record di velocità di ogni tipo in cui c'entrino le gambe (o le zampe). Sull'argomento non mi batte nessuno, potrei partecipare a un quiz televisivo.

Ho visto tutti i video e le repliche e le gare in diretta. In camera mia ho appeso il poster di Manuela Levorato, che detiene il record italiano femminile per i cento metri, di Usain Bolt e di Pietro Mennea.

Lo so che quello che è successo a scuola non è una gran tragedia.

Ma per me è la cosa più brutta che mi sia mai capitata. Sto qui a fantasticare sui record di velocità e non riesco nemmeno a raggiungere il bagno da solo. Davanti a Sara.

— Ahi ahi. Tornado in arrivo.

Mio fratello Davide – quindici anni, un sacco di brufoli e scarpe da ginnastica puzzolenti – sbircia dalla finestra giù in cortile.

— Ci mancava solo lei — grida mia madre per sovrastare le urla dei miei compagni. Sono passati alcuni giorni, oggi è il mio compleanno e c'è una festa in corso. Sto giocando a Formula 1 con un paio di amici, mentre una specie di clown cerca di animare gli altri con dei giochi un po' da poppanti.

Dopo qualche minuto, sentiamo una scampanellata in stile Tornado: quattro colpi brevi e uno lungo che ti spacca le orecchie finché non ti decidi ad aprire.

Quando mio padre apre la porta, un mucchio di palloncini con le gambe fa irruzione in salotto. I palloncini sono gonfiati a elio e stanno su da soli, su ognuno c'è scritto: BUON COMPLEANNO. In mezzo ai palloncini spicca una faccia sorridente.

— Dov'è il mio nipote preferito? — grida, balzellando per la stanza. — Scusa, Davide, eh? Ma

lo sai che Sergio è il supernipote numero uno, patentato all'Accademia dei Nipoti Eccellenti! Una patente che tu non prenderesti mai, visto che non ti lavi granché.

Scoppiamo a ridere. Metto PAUSA alla Formula 1 e mi lascio abbracciare da mia zia, che si chiama Linda ma che tutti chiamiamo Tornado.

Due anni fa mi portò davvero la patente dei Nipoti Eccellenti, fatta da lei al computer. E adesso mi sommerge di palloncini. Io e i miei amici cominciamo a scazzottarli come piccoli sacchi da boxe e presto si uniscono anche gli altri della classe, abbandonando il clown (che ne approfitta per ingozzarsi di panini con la nutella).

Alla fine della lotta siamo sudati e io sono disteso sul tappeto e non riesco a smettere di ridere.

— Oh, bene, allora sei ancora capace! — esclama zia Tornado, rimettendo in piedi alcuni miei compagni e spedendoli verso il tavolo del buffet a bere qualcosa.

— Di far che? — chiedo io.

— Di ridere. Mi avevano detto che eri diventato un musone, ma a quanto pare non è vero — risponde lei, sedendosi sul tappeto accanto a me. Sta volutamente ignorando lo sguardo di mia madre, che cerca di ammonirla facendo strane smorfie. Pensano che io non capisca, invece lo so che

mamma non vuole che zia Tornado sia così diretta con me. Chissà perché? A me fa solo ridere.

— Dov'è il mio regalo? — chiedo, osservando che non ha portato niente oltre i palloncini che ora sono quasi tutti incollati al soffitto, col filo penzoloni.

— Quest'anno niente regalo.

Lo dice seria e mi guarda fisso negli occhi.

Batto le palpebre, indeciso se arrabbiarmi o non crederle. I suoi regali di solito sono i più belli di tutti. A Natale mi ha regalato un certificato che dice che adesso lassù nel cielo, secondo delle coordinate precise, c'è una stella con il mio nome. Stella Sergio. Ho anche la foto scattata con il telescopio satellitare.

Zia Tornado si mette a ridere. — Vedessi la tua faccia! — esclama. — Il regalo c'è. Solo che non è qui. Domani devi venire con me in un posto speciale.

Annuisco. Mi piace andare in giro con zia Tornado. Siamo andati al circo, al planetario e anche sulle montagne russe, insieme.

Mia mamma invece scuote la testa. — Non ne abbiamo parlato — dice in tono severo. — Cos'hai in mente, Linda?

Ok, ho capito che è il momento di riprendere la partita a Formula 1.

Ma mentre muovo il controller e sbaraglio i miei amici, veloce come un razzo almeno sullo schermo, con la coda dell'occhio guarda mamma e zia che discutono in un angolo.

Zia Tornado gesticola e ha la faccia raggiante.

Mamma scuote la testa e sembra preoccupata.

Per questo sono sicuro che sarà uno splendido regalo. E che zia Tornado la spunterà come sempre.

50 chilometri orari.

Zia Tornado al volante è un vero strazio.

— Lo sai che lo struzzo raggiunge velocità superiori ai 70 chilometri orari? — la informo.

— Mi stai dicendo che guido come una lumaca, giovanotto? — fa lei, lo sguardo fisso davanti.

— No, rispetto a una lumaca te la cavi. Quelle fanno solo mezzo metro all'ora — mi affretto a rispondere.

— Non stiamo partecipando a una gara. Chi va piano va sano e va lontano — replica lei.

— Ricordatelo quando fai rafting o ti butti da un aeroplano col paracadute, ok?

Ci mettiamo a ridere. Me lo ha detto un sacco di volte: quando sarò maggiorenne e potrò fare quello che voglio, mi porterà con lei e mi lancerò nel vuoto con un paracadute. Non so se la cosa mi piacerebbe, forse avrei paura. Però è bello pensare di avere una zia che ti propone cose così e non ti tratta da malato, mai.

A un certo punto svoltiamo in una stradina secondaria molto polverosa che sembra inoltrarsi nella campa-

gna. Sono ore che penso a cosa potrebbe essere questo misterioso regalo.

Mamma mi ha fatto mettere i miei jeans più vecchi e le scarpe da ginnastica. Prima di uscire mi ha ripetuto dietro almeno un milione di raccomandazioni. Si vedeva che moriva dalla voglia di spifferare tutto ma si è trattenuta perché conosce zia Tornado e sa che non le avrebbe perdonato di aver rovinato la sorpresa.

Perciò le sue raccomandazioni sono state molto generiche, tipo: stai attento, non fare tutto quello che ti dice tua zia se non ti va, chiamami se si mette nei guai.

— Eccoci arrivati — esclama la zia.

Non vedo niente di speciale, se non una specie di cancello di legno e una scritta che dice "Benvenuti al Centro Zefiro".

Aspetto che la zia mi aiuti a scendere e mi spinga con la sedia a rotelle lungo un viale piastrellato e costeggiato di piante e fiori.

— Adesso devo bendarti — dice zia Tornado e non mi lascia il tempo di protestare, mi ritrovo col suo foulard sugli occhi, ben stretto. Continua a spingermi, sento delle voci intorno a me, qualcuno che dice "piacere di conoscervi" e poi "da questa parte". Nell'aria c'è un odore strano che non ho mai sentito.

Non saprei dire se gradevole o meno. Un po' sa di cacca, e questo mi preoccupa, e un po' odora di paglia. Il fatto è che con zia Tornado davvero non sai mai cosa aspettarti.

Penso alle cose belle che possano includere della cacca, ma non me ne viene in mente nessuna.

— Allora, sei pronto per la sorpresa del secolo? — la sento che dice.

Annuisco e sorrido. Mi toglie la benda con un colpo secco. Davanti a me vedo delle zampe di un grosso animale, nere e nodose. Alzo lo sguardo e mi ritrovo a un centimetro dal muso di un mostro. Le narici mi sbuffano sulla faccia.

— Ah! — grido per lo spavento, ma poi mi riprendo. È un cavallo dalla testa enorme. Mi guarda da sopra a sotto con aria quasi interrogativa, come se mi stesse studiando.

— Non è bellissimo? — esclama zia Tornado battendo le mani. Il cavallo, quasi per partecipare, batte uno zoccolo e fa tremare il terreno. — Si chiama Willow.

— Ehm... — farfuglio. — E il regalo quale sarebbe?

Non si aspetterà che porti questo mostro a casa? Mia mamma la ucciderà.

— Nipote mio, oggi è un grande giorno. Tu salirai su Willow!

Mia zia Tornado è pazza, per una volta penso che abbia ragione mamma.

Willow è così alto che persino l'istruttore, un omone bello piazzato, sembra piccolo accanto a lui.

— Prova ad accarezzarlo — mi invita l'istruttore, che si chiama Nino. Allungo una mano, titubante, aspettandomi che Willow spalanchi le fauci e mi ingoi in un boc-

cone solo. Invece il cavallo resta immobile e china la testa verso di me per permettermi di toccarlo. Il suo pelo è liscio e morbido e pulito.

— Digli tutto, Nino — fa mia zia, e mi strizza l'occhio.

— Be', di solito i cavalli normali raggiungono una velocità di circa 60 chilometri all'ora, al galoppo. Ma Willow può arrivare a 70. È un campione. Corre velocissimo.

Quando mi viene infilato in testa una specie di casco anti-urto che mi dicono si chiama "cap", sento che sarebbe il momento giusto per protestare.

Mia zia si avvicina e mi sussurra: — Insomma, è ora che tu la smetta di guardare tutta quella gente che corre. Che ne dici di fargliela vedere?

Ho capito il suo piano diabolico. Vuole che corra su Willow.

Solo che quando mi issano in groppa, provo un unico sentimento: il panico totale.

— È troppo alto — faccio notare. — Non avreste qualcosa tipo un pony? Un somaro?

Nino ridacchia e tira una pacca su quella che credo sia la chiappa di Willow. Il cavallo nitrisce e fa un piccolo movimento che a me sembra spaventoso. Barcollo e ordino alle mie gambe di sforzarsi il più possibile per farmi restare dritto.

— L'ippoterapia è un'attività sicura, stai tranquillo. Willow è abituato ad avere in sella ragazzi con esigenze particolari — mi rassicura Nino.

Mi rabbuio all'istante. — Perché si chiama terapia? Cos'è, una roba da ospedale? Non la voglio fare. Voglio scendere. Non ho nessuna esigenza particolare.

Zia Tornado si mette le mani sui fianchi. — Sì che ce l'hai, giovanotto. Dovresti smetterla di comportarti come se fossi normale. Del resto, nessuno nella nostra famiglia lo è. Guarda me, che mi mancano un sacco di rotelle.

Mi strappa un sorriso anche stavolta. Ma non voglio che il mio regalo sia una terapia.

— Si chiama così per comodità — mi spiega Nino — per dire che fa bene. Ma ti assicuro che se fosse per me, dovrebbero provarla tutti. I cavalli sono pazienti e comunicano serenità a chi lavora con loro.

— Non ti senti già più sereno, nipote mio? — trilla zia Tornado.

— Uhm. Non lo so — rispondo. Nino tira quella specie di corda che sta appesa al mento del cavallo (lunghina, mi dicono) e mi trascina via.

Mentre Willow si muove, un po' mi passa la paura. È davvero tranquillo per essere un gigante nero. Si muove leggero e la sella non si scuote quasi per niente. Sento il peso che avevo sul cuore sollevarsi pian piano. Riesco persino a sorridere.

Guardo zia Tornado. Guardo Nino. Guardo il mondo.

E per la prima volta sono io a stare più in alto di tutti.

Quando raggiungiamo il recinto che gira attorno a un piccolo campo per l'allenamento dei cavalli, vedo tanti ragazzi e ragazze in sella, qualcuno più piccolo di me.

Molti sembrano avere dei ritardi mentali. Ci sono un paio di tipi con gli occhi a mandorla che credo si chiamino Down. Una bambina ride in modo scomposto mentre l'istruttrice la porta in giro.

Ecco perché si chiama ippoterapia.

Perché serve ad aiutare i ragazzi fuori di testa. E io non lo sono per niente. Mi rabbuio di nuovo. Perché non posso allenarmi con i ragazzi normali? Anche se la zia dice che non lo sono, io voglio essere esattamente così. Normale.

Mi giro intorno, inquieto, senza ascoltare quello che Nino mi sta spiegando del Centro Zefiro e delle loro attività. Da quassù riesco a vedere bene e scorgo un altro recinto in cui una ragazzina sta galoppando in cerchio, da sola. L'istruttrice la segue da fuori e le grida degli ordini.

— Voglio andare a vedere quella ragazza — dico.

— Monica. Lei è qui da tanti anni — mi spiega Nino mentre si avvia e tira la lunghina. Zia Tornado ci segue cercando di non calpestare le cacche di cavallo sparse un po' ovunque.

Osservo Monica. Non ride sguaiatamente, non sbava, non grida. È normale. Ed è bravissima, sta sul cavallo come se fossero una cosa sola.

— Potrei correre anche io così? — chiedo.

Nino annuisce. — Devi crederci e impegnarti. Ma è assolutamente possibile.

Non pongo la seconda domanda, che mi resta ferma in gola. Quello che volevo dire era: potrei correre anche io così, nonostante le mie gambe che funzionano a metà?

Sto zitto e osservo.

Monica fa fare al cavallo anche un piccolo salto su un ostacolo basso. Le battiamo le mani. Lei ci saluta e sorride. Poi si ferma e l'istruttrice la raggiunge. La aiuta a scendere e la sorregge. In mano ha una specie di stampella con 4 piedini a cui Monica si appoggia per camminare verso di noi.

Quando dopo diverso tempo mi stringe la mano e mi dice: — Piacere, sono Monica — ho la risposta alla mia domanda.

Potrei correre anche io come lei.

Settanta chilometri all'ora, in groppa a Willow.

— Non se ne parla nemmeno! — esclama mia madre. Poi guarda mio padre come in cerca d'aiuto, perché sa che con sua sorella Tornado perde sempre. — Vada una volta, per il compleanno, ma non voglio che Sergio corra questo rischio addirittura tutte le settimane!

Davide ci osserva mentre sgranocchia delle patatine e si sbriciola sulla maglietta. Crede di stare al cinema? Mia zia sta per esplodere di nuovo con una raffica di buoni motivi a favore dell'ippoterapia. Sta cercando di dimostrare che stare in sella a un pericoloso gigante nero che può correre a 70 chilometri all'ora può farmi solo bene.

Prima che riesca a partire con la sua arringa, però, mio padre si schiarisce la gola.

Mi guarda.

— Tu che ne dici, Sergio?

Sospiro.

— Non voglio andare in un posto per quelli "come me", lo sai — rispondo.

— Visto? Te lo avevo detto! — esulta mia madre, mentre zia Tornado sembra stia per tirarmi un pugno, vista la sua faccia.

— Ma... — continuo, zittendo tutti di nuovo — forse zia ha ragione. Mi ha detto che non sono normale.

— Gli hai detto... cosa?? — grida mamma, scandalizzata.

— È la verità. Non andrà mai alle Olimpiadi. Ma se vuole correre, lì c'è un cavallo che lo aspetta — proclama zia Tornado alzandosi in piedi. Ha i capelli ricci e neri che quando si arrabbia si spettinano ancora di più, come se fossero percorsi da elettricità.

— Ehm, scusate — intervengo. — Se non vi dispiace, vorrei aggiungere una cosa: oggi mi sono divertito.

Non ho altro da dire.

Normale, diverso, forse posso passarci sopra. Il fatto è che sono sceso da Willow e mi tremavano le gambe per lo sforzo e l'eccitazione. Mi sono sentito forte. E quando l'ho accarezzato sul muso, lui ha come annuito più volte, scrollando la criniera.

Sembrava volesse dirmi: ce la faremo.

— Io propongo una cosa! — esclama zia Tornado, felice della mia dichiarazione.

— Un'altra? — sospira mio padre.

— Andiamoci tutti, a fare ippoterapia!

È a questo punto che Davide scappa dalla cucina e si rifugia in camera sua, lasciandosi dietro una scia di briciole di patatine. Grazie a me è sempre riuscito a schivare le pazzie di zia Tornado, perciò immagino che non voglia cambiare le sue abitudini proprio oggi.

Ma la cosa incredibile è mia madre.

È talmente sbalordita dall'idea che apre la bocca per protestare ma non riesce a dire niente. Nemmeno una sillaba. Nemmeno: NO!

È un evento così straordinario che mio padre balza in piedi ed esclama: — Stasera tutti a cena fuori!

— È vero che vai a cavallo, Sergio?

È Sara che me lo chiede, a ricreazione. Ci stiamo sfidando a un videogioco, lei ha fatto più punti di me e credo che adesso voglia distrarmi, visto che è il mio turno.

— Sì. Il mio cavallo si chiama Willow.

— E non hai paura?

— No — mento.

In realtà Willow mi fa sempre un po' paura anche se ormai sono due mesi che lo monto tutte le settimane. Stare su un gigante così alto richiede molta fiducia in se stessi. Me lo ha detto Nino. Così devo cercare di non gridare dallo spavento ogni volta che Willow si agita perché sta scacciando una mosca o ha sentito un cane abbaiare.

I cavalli sono animali molto sensibili.

Infatti Willow resta immobile quando devo smontare alla fine della lezione. È come se sapesse che in quel momento farei un brutto capitombolo anche se si muovesse per scacciare una mosca. Mi aspetta e poi si lascia accarezzare sulla criniera.

— Devi sempre accarezzare il cavallo alla fine del lavoro con lui — mi ha spiegato Nino. — È l'unico "grazie" che lui può capire.

Dico grazie a Willow un sacco di volte perché mi piace accarezzarlo.

Tommaso, il ragazzino Down, mi ha insegnato a lavarlo e a strigliarlo. Faccio un sacco di fatica ma Nino è contento, dice che Willow brilla quando me ne occupo io. Non mi ero mai occupato di nessuno, prima. Di solito sono gli altri che si occupano di me.

— Stasera c'è una festa al maneggio. È nato un puledrino — dico a Sara. Ci penso. Poi mi butto: — Ti andrebbe di venire?

— Sei serio? — fa lei, come se fosse scioccata. Io arrossisco fino alla punta dei capelli e non so che dire.

— Dicevo così, non devi venirci per forza — farfuglio. Per fortuna posso continuare a guardare lo schermo e non lei.

— Ma certo che ci vengo! — strilla lei. — Un puledrino!

Si alza con un balzo e corre a raccontarlo alle sue amiche. Divento la star della classe in meno di due minuti. Tutti vogliono sapere dei cavalli e se sono andato al galoppo.

— Non ancora — ammetto. — Devo riuscire a stare dritto quando faccio il trotto e poi vedremo.

— È difficile?

— Sei mai caduto?

— Farai le gare?

— Farai il cow-boy?

— Quando camminano è vero che i cavalli scoreggiano?

— Ehm. Sì, è vero. Soprattutto al trotto.

Quando lo dico, i miei compagni scoppiano a ridere. Qualcuno si mette a fare l'imitazione, saltellando e facendo pernacchie a tempo con la bocca. Finché suona la campanella e la maestra ci fa cenno di rientrare.

Mentre sento la lezione di storia a metà, penso che è davvero buffo. Non avevo mai parlato troppo dell'ippoterapia perché avevo paura che i miei compagni la

prendessero come una roba da gente storpia. E invece mi arriva un disegno di Elena: una specie di cavallo storto (i cavalli sono difficilissimi da disegnare) con sopra un omino che dovrei essere io. Mi ha fatto con una spada in mano e il mantello. Sotto c'è scritto: *Sergio - il cavaliere della quinta B.*

Sono un cavaliere.

E sono appena finito col sedere per terra. Resto fermo nella polvere perché mi gira tutto, ho fatto un volo di quasi due metri dalla groppa di Willow.

Nino batte la mani.

— Finalmente! — esclama. Deve essere impazzito. Io sono spiaccicato qui e lui applaude come se avessi vinto una gara. Sbuffo e mi metto seduto, scrollandomi il terriccio dai capelli.

— Sei un istruttore strano se sei felice quando i tuoi allievi cadono — sbotto. Lui mi tende una mano per aiutarmi a rimettermi in piedi e poi mi dà una pacca sulla spalla che quasi mi rimanda a terra.

— Se non cadi almeno una volta, non puoi dire di saper andare a cavallo — afferma. — Devi conoscere il pericolo che corri, così la prossima volta sarai più concentrato. E devi anche imparare a cadere.

— Non c'entra la concentrazione — replico, ancora stordito dalla caduta. — Le mie gambe non reggono. Alla fine mi sbilancio sempre, lo sai.

Sono settimane che mi alleno ma mi sembra di non fare nemmeno mezzo progresso. Mi passo la manica della maglia sulla faccia, come per togliere la terra, ma in realtà tento di cacciare via le lacrime.

— Non hai solo le gambe — insiste Nino. — Hai una spina dorsale che funziona, muscoli addominali, dorsali, due braccia. Insomma, un bell'equipaggiamento che devi imparare a coordinare.

Me lo ha ripetuto venti milioni di volte. Ma non capisco che significa. So solo che probabilmente non riuscirò mai a fare bene il galoppo. Posso scordarmi di correre a 70 chilometri orari.

— Senti, piantiamola con questo recinto, che ne dici? — fa Nino all'improvviso. — Hai girato in tondo abbastanza. Sei pronto per uscire.

No, no, non sono pronto affatto. Scuoto la testa con convinzione ma Nino trascina via sia me che Willow fino al cancelletto. Mi lascia qui e poi va a dare istruzioni agli altri, che esultano e cominciano a preparare i cavalli.

Si esce in passeggiata.

Niente recinto. Niente percorso in cerchio, regolare e prevedibile.

Willow mi guarda mentre lo reggo dalla cavezza e mi sembra che stia quasi sorridendo.

I cavalli sanno anche prendere in giro?

— Smettila — gli dico. E lui nitrisce.

Siamo in sei, tre istruttori tra cui Nino, io, Tommaso e Monica. Loro sono tutti esperti, per me è la prima volta.

— Vedrai! Qui intorno è bellissimo — ripete Monica.

— Vedrai — ripete Tommaso, e ridacchia. Non è rassicurante. Controllo mentalmente la mia spina dorsale, che in questi mesi è diventata più robusta. Mentre

procediamo al passo lungo il sentierino che porta fuori dal Centro Zefiro, in aperta campagna, la sento che risponde bene e resta solida. Forse riuscirò a non romper-

mi la testa, così mia madre non ucciderà Nino.

I cavalli si seguono a vicenda. Non devo darmi molto da fare con i comandi proprio per questo. Quando sono in fila, il primo cavallo dà l'andatura e gli altri si adeguano. Devo solo stare attento a non fare avvicinare troppo il muso di Willow alle chiappe di Boccolo, il cavallo di Monica, perché potrebbe dargli un calcio all'improvviso.

Al passo ormai per me è uno scherzo.

Percorriamo il sentiero per un bel pezzo, attraversando campi coltivati e punteggiati di serre. C'è profumo di primavera e Willow continua a muovere la coda e a scrollare la criniera per liberarsi dagli insetti che cercano di attaccarsi al suo mantello. A volte fa tremare tutto il corpo e le mosche scappano via insieme. È emozionante sentire i suoi movimenti, non mi fanno più sobbalzare per lo spavento. Mi piace anche l'odore di Willow, che mia madre definisce "puzza" ogni volta che torno a casa e mi tolgo i vestiti usati per la lezione. Ti resta addosso e nel naso per un sacco di tempo però è buonissimo, fa pensare ai cavalieri e alla natura.

— Attenti qui, abbassate la testa — ci avvisa Nino, che guida il gruppo.

Passiamo sotto le fronde di alcuni alberi e mi devo chinare per non prendere i rami e le foglie in faccia. Mi accosto al collo di Willow e sento il suo calore. Poi il sentiero si allarga e diventa sabbioso, in discesa.

Sento il rumore degli zoccoli sulla sabbia e all'improvviso ci ritroviamo sulla spiaggia. Tommaso ride per l'eccitazione e Monica si volta a guardarmi, come per dire: te lo avevo detto che era bellissimo.

Lo è.

Sono qui in alto e davanti a me c'è una distesa azzurra e calma. Sotto di me, la spiaggia deserta, senza ombrelloni, sdraio e asciugamani perché non è ancora estate.

Inspiro profondamente e sento l'odore del sale, il vento nei capelli che sfuggono da sotto il cap.

Nino si avvia al trotto e i cavalli seguono.

Sto in equilibrio. Non cado. Nemmeno quando il gruppo procede in acqua e sento gli spruzzi sollevati dalle zampe di Willow che mi bagnano i pantaloni. Alcune persone che passeggiano sulla spiaggia ci salutano quando passiamo.

Mi sento un gigante, proprio come Willow.

E non so perché, mi sento pronto.

Nino ferma il gruppo e torna indietro per affiancarmi, ma lo so già quello che vuole dirmi.

— Che ne dici? Proviamo?

Annuisco.

Quando dà l'ordine, so cosa devo fare. Restare in sella, prima di tutto. E seguire il movimen-

to del corpo di Willow con il mio. All'inizio mi irrigidisco e stringo troppo le redini. Poi mi rendo conto di una cosa: sto galoppando sul serio!

Così mi lascio andare e non ho più paura.

Nino si gira indietro per controllare che io stia bene e mi sorride. Sorrido anch'io.

— A quanto stiamo andando? — grido.

L'istruttrice dietro di me risponde: — Mah, tra i 40 e i 50 chilometri orari.

Sto correndo. E vado veloce come Usain Bolt.

Abbiamo organizzato la festa di fine anno al Centro Zefiro, con tutta la classe.

I miei compagni hanno provato a montare a cavallo ed erano molto impacciati. Qualcuno ha persino rinunciato perché aveva paura. Nino li ha messi in sella e poi mi ha chiamato. Ha detto: — Fagli vedere tu come si fa.

Ho tenuto la mia prima lezione di equitazione. In groppa a Willow ero il più alto di tutti e Sara non la smetteva di sorridermi. Ho spiegato cosa dovevano fare e poi siamo partiti un po' al passo.

È stata una giornata speciale.

È arrivata anche zia Tornado con un mantello che mi aveva cucito apposta per l'occasione. Non era proprio da cavaliere perché c'era scritto sopra *SuperNipote* ma mi ha fatto piacere lo stesso.

— Ti dispiace lasciare i tuoi compagni di classe? — mi ha chiesto, scompigliandomi i capelli. L'anno prossimo andremo alle medie e a pensarci mi sento strano.

— Gli amici veri sono per sempre. Non importa quello che succede — ho risposto convinto.

E in quel momento Willow ha nitrito e ha scosso la criniera.

Mi stava dando ragione.

LA CICOGNA DELLA SPERANZA

Quella della "LIPU" è una storia che inizia molti anni fa, nel 1965, quando ancora la protezione dell'ambiente non era un argomento prioritario e condiviso da tutti come lo è oggi. Eppure, già allora, c'era chi pensava con preoccupazione all'inquinamento, all'estinzione di alcune specie e alla salute del nostro pianeta, degli animali e delle piante che lo abitano. Così nacque la Lega Nazionale Contro La Distruzione Degli Uccelli, poi ribattezzata "LIPU".

Da quell'anno lontano moltissimi traguardi sono stati raggiunti, contribuendo significativamente alla protezione della biodiversità nel nostro paese. È stata creata una rete di 58 Oasi e Centri recupero, sono stati avviati progetti per la conservazione e lo studio dell'ambiente naturale, alcune proposte sono diventate leggi, migliaia di persone sono state informate e sensibilizzate, molte di loro si sono iscritte all'associazione, acquisendo una nuova consapevolezza circa l'importanza del nostro patrimonio ambientale. Il filo conduttore delle innumerevoli iniziative firmate "LIPU" è il tentativo di proteggere la natura partendo dagli uccelli perché, se loro stanno bene, significa che l'aria in cui volano, la terra e l'acqua da cui traggono nutrimento sono in buona salute.

Di tutti gli animali di cui ci si è occupati nel corso degli anni, uno in particolare ha una storia che s'intreccia indissolubilmente con quella della "LIPU". Si tratta della cicogna, estinta in Italia nel XVII secolo dopo avere popolato per anni i nostri cieli. Se oggi basta alzare gli occhi per scorgere sui tetti di molti campanili grossi nidi pittoreschi, è perché la "LIPU" nel 1985 ha avviato un ambizioso progetto per riportare la cicogna in Italia, riuscendo tanto bene nel proprio intento che oggi la popolazione di cicogne è in crescita in molte zone del nostro Paese.

Il racconto che state per leggere è dedicato proprio a questo elegante volatile, ed è stato scritto per far rivivere l'emozione di sollevare lo sguardo e scorgere una grossa cicogna bianca appollaiata sul suo nido, magari pronta a spiccare il volo; vuole anche ricordare che gli animali ci regalano esperienze preziose e in cambio ci chiedono solo una cosa: il nostro rispetto e il nostro aiuto.

www.lipu.it

LIPU ONLUS

Quel giorno nel bosco c'era un'atmosfera strana, Maddalena lo aveva notato appena aveva lasciato la strada asfaltata fuori Pescio, il paese dove viveva, per seguire il sentiero di terra battuta che si addentrava tra le querce. Non avrebbe saputo spiegare di che cosa si trattava, forse era l'insolito silenzio, forse il caldo troppo intenso e afoso per un pomeriggio di fine giugno.

Imboccò un sentiero che andava verso il fitto della vegetazione, allontanandosi dal lago dove la maggior parte dei

ragazzi della sua età si ritrovava nel pomeriggio, e andò a sedersi all'ombra di un grande pioppo, con la schiena appoggiata alla corteccia ruvida.

Mad tra gli alberi e i cespugli fioriti di biancospino e di felce ci stava meglio che a casa. Lì non c'era suo papà a brontolare dal divano per la mancanza di lavoro, né c'erano le lamentele della mamma, sempre impegnata nelle faccende domestiche. Il bosco era un luogo molto interessante: Mad aveva imparato a riconoscere le tane delle volpi, sapeva dove crescevano i cespugli di mirtilli e fragoline, poteva distinguere il canto di un merlo da quello di una colomba.

Proprio perché conosceva bene l'ambiente, quando sentì uno strano rumore provenire da un sentiero poco battuto, Mad spalancò gli occhi, sorpresa. Le scuole erano finite da poco, ma solitamente i ragazzi del paese non si avventuravano oltre la radura davanti al laghetto, dove potevano arrivare comodamente con i motorini e, se proprio la temperatura saliva, lanciarsi in acqua per un bagno rinfrescante.

"Chi può essere?" si chiese.

Incuriosita, si alzò e imboccò il sentiero circondato da fusaggine rossa e ciclamini, domandandosi che cosa provocasse quello strano rumore stridulo e insistente, che risuonava ormai da qualche minuto nel bosco altrimenti silenzioso.

Faceva caldo e non soffiava un filo di vento.

Arrivata nel punto in cui il sentiero voltava per girare attorno a una grossa roccia, Mad si bloccò aguzzando le orecchie. Avrebbe giurato di avere udito un motore scoppiettare in lontananza. Eppure era impossibile: il sindaco aveva vietato l'accesso alle automobili lungo le poche strade sterrate di quella zona.

"Che strana giornata" pensò avanzando con passo deciso, perché il rumore si faceva sempre più forte e adesso ricordava terribilmente una richiesta d'aiuto. Mad si passò una mano sulla fronte per asciugare il sudore, poi si arrampicò su una bassa collina ricoperta d'erba alta e giunse su un prato che costeggiava il ruscello, circondato da piccoli alberi di corniolo fioriti di boccioli gialli.

Quello che si trovò davanti le fece passare qualsiasi altro pensiero: dimenticò il caldo afoso, i ragazzi con i motorini, il misterioso brontolare del motore che le era sembrato di sentire. A pochi passi da lei c'era un grande e maestoso uccello, accoccolato su uno sbuffo di erba. Le sue piume erano di un candido bianco, tranne la parte finale delle ali che si faceva più scura. Aveva un lungo ed elegante becco rosso, e un paio di occhi neri come biglie di vetro. Appena l'uccello si voltò verso Mad, si fece improvvisamente silenzioso. La ragazzina si avvicinò piano, sperando di non spaventarlo. Quando pochi metri li separavano, il volatile mosse convulsamente le ali e sollevò il capo, emettendo uno strillo roco. Aveva paura. Tentò di muoversi, di spiccare il volo, ma poi ricadde a terra, impotente. Allora Mad comprese che l'animale era ferito. Doveva aiutarlo.

La ragazzina prese la felpa che teneva legata in vita e si avvicinò ancora, bisbigliando parole rassicuranti. Dentro di sé, sperava con tutto il cuore che lui percepisse le sue buone intenzioni. Vide che una delle due lunghe zampe era piegata in una posa strana. L'uccello si agitò, sol-

levando un'ala. E Mad notò una lunga ferita che correva sul corpo dell'animale, sotto le belle piume bianche.

Non c'era tempo da perdere! Allungò le mani e sistemò la felpa attorno al volatile. Poi lo sollevò piano da terra, nel modo più delicato possibile.

L'uccello emise un urlo roco, tentò di muovere le zampe, ribellandosi alla presa.

— Calmo, non voglio farti male! — disse Mad, faticando non poco a stringerlo tra le braccia, perché era molto più grosso e pesante di quello che sembrava quando era disteso a terra. — Stai tranquillo, o finiremo per cadere entrambi! — aggiunse. L'uccello ripiegò le ali, come se avesse capito.

Allora la ragazzina riprese il sentiero, dirigendosi verso il punto in cui il bosco finiva e la strada sterrata lasciava il posto a quella asfaltata, cercando di ricordare se a casa ci fosse il necessario per una medicazione, nella cassetta metallica dove la mamma teneva cerotti e disinfettante. L'uccello rimase tranquillo, accoccolato nella felpa, limitandosi a sollevare di tanto in tanto la testa per lanciare a Mad un'occhiata incredula, come se volesse sapere: "Davvero, non mi farai del male?" E ogni volta lei ripeteva, a voce bassa per non spaventarlo: — Vedrai che andrà tutto bene! — E ci credeva davvero, perché non era la prima volta che faceva qualcosa per un animale del bosco: le era capitato di liberare una marmotta che era rimasta impigliata in una radice, di prendersi cura di un micio che qualcuno aveva abbandonato e di sistemare nel suo nido un pettirosso che ancora aveva difficoltà a volare.

Quando era ormai abbastanza vicino allo stagno, un rumore fece sobbalzare la cicogna.

— Oh, non temere — spiegò Mad. — Sono solo i ragazzi che arrivano alla radura con i motorini!

Li conosceva bene, perché frequentavano con lei l'unica scuola media del paese, e non le stavano per niente simpatici. Arrivavano facendo una gran confusione e terrorizzavano le anatre con i loro tuffi. Quando s'innamoravano, incidevano sulle cortecce degli alberi nomi e cuori. Facevano tantissime cose che Mad non avrebbe mai fatto!

Non escludeva che il povero uccello che teneva tra le braccia fosse ridotto così per colpa di uno dei loro giochi stupidi. Una volta li aveva scoperti mentre cercavano di infilare un piccolo petardo in un formicaio e solo il suo intervento deciso li aveva convinti a desistere.

Ogni volta che ci pensava, si infuriava. E, se si arrabbiava molto, Mad tendeva a distrarsi. Così, quando a un tratto sulla strada comparve un motorino, lei lanciò un urlo di sorpresa e per poco non lasciò cadere a terra l'uccello. Fu un momento di gran confusione: il motorino sterzò sul prato, mentre il suo guidatore suonava il clacson. Il volatile si agitò spaventato e tentò nuovamente di spiccare il volo, colpendo con le sue ampie ali Mad, che faticò per tenerlo fermo.

Quando la situazione finalmente si calmò, da sotto il casco spuntò un ragazzino con una gran massa di ricci biondi e l'espressione piccata.

— Ehi, ma che fai in mezzo alla strada?!

Appena riconobbe chi era alla guida del motorino Mad diventò rossa in faccia, pronta a esplodere in una solenne sfuriata. Se c'era una persona in tutto il paese che proprio non poteva sopportare era lui, Riccardo Tratti detto Riki, il ragazzo più antipatico, arrogante e pieno di sé che si fosse mai visto sul pianeta. Suo padre

era nientemeno che l'onorevole Giovanni Tratti, proprietario della fabbrica G.T.&F., l'unico grande stabilimento di Pescio, fonte di lavoro per la maggior parte degli abitanti del paese.

Se Mad nutriva una simile antipatia per Riki c'era anche un'altra ragione, che non aveva a che fare con il carattere del ragazzo: il papà di Mad era stato operaio proprio alla G.T.&F., settore saldature, per quasi una vita. E lì aveva coperto turni notturni da quando Mad era nata fino a qualche mese prima, quando il padre di Riki aveva stabilito che c'era un esubero di personale e aveva costretto gli operai a prendersi una lunga vacanza, detta anche "cassa integrazione". Dal momento in cui il papà di Mad era rimasto a casa era diventato di pessimo umore, perché a lui le vacanze non piacevano affatto, soprattutto quando lo obbligavano a farle! Lui amava indossare la tuta blu e andare a fare il suo lavoro in fabbrica.

Ecco perché Mad ultimamente amava così tanto il bosco: lì poteva evitare di vedere suo papà giù di morale per colpa del signor Tratti. Ci mancava solo di incontrarne il figlio!

— Pensi che il sentiero sia tuo? — incalzò Riki.

— Il sentiero non è né mio né tuo, è del bosco! — esplose Mad, andandogli vicino e puntandogli il dito al petto. Riki sollevò le sopracciglia, sorpreso.

— E tu dovresti lasciare il tuo motorino in paese e smetterla di disturbare gli animali!

Riki guardò stranito la ragazza con l'uccello bianco tra le braccia; l'aveva vista qualche volta a scuola, frequentava la classe accanto alla sua ma non le aveva mai rivolto la parola. Molti dicevano che se ne stava sempre per i fatti suoi e che fosse una tipa un po' stramba.

— Non ho disturbato nessuno!

— Ah, no?! Scommetto che siete stati tu e i tuoi amici a fare questo! — disse Mad, allungando l'uccello verso Riki, che si accorse in quel momento della ferita.

— Ma che dici, io non c'entro niente!

— Non ti credo!

— Be', ti assicuro che ho cose più interessanti da fare che perseguitare uno stupido uccello! — disse Riki incrociando le braccia con aria di sfida. Voleva mettere in chiaro che lui era il ragazzo più popolare della scuola, figlio di Giovanni Tratti, e che non perdeva tempo con gli animali del bosco.

Mad gli lanciò uno sguardo bieco. — Se davvero non sei stato tu a fargli del male, allora potresti aiutarmi a portarlo al sicuro! Con il tuo motorino ci impiegheremmo un attimo.

Riki strabuzzò gli occhi per la sorpresa, convinto che la ragazza stesse scherzando. Però Mad stava lì in piedi,

con espressione serissima. Probabilmente stava facendo fatica, a tenere quel grosso animale tra le braccia. Anche l'uccello prese a fissarlo, muovendo leggermente l'ala destra, come se volesse mostrare la sua ferita per convincerlo che aveva davvero bisogno di aiuto. I suoi amici erano già al lago, in giro non c'era nessuno. Riki sbuffò, recuperò sotto la sella un secondo casco e poi fece segno a Mad di sedersi dietro di lui. Lei si illuminò di un bel sorriso.

"Ci impiego solo un attimo" disse Riki tra sé, voltando il motorino e guidando piano verso Pescio. E poco dopo lasciò Mad e l'uccello ferito all'ingresso della palazzina giallo ocra dove viveva la ragazza.

La signora Finferli era abituata alle stranezze della figlia, quindi non si stupì quando trovò il grosso uccello bianco in cucina, accoccolato sulla poltrona di vimini dove solitamente si sedeva lei a pulire le verdure per il minestrone. E anche il papà, che si era appena svegliato dal suo riposino pomeridiano, accolse con curiosità il nuovo ospite. Con il suo aiuto Mad medicò la ferita, disinfettandola e proteggendola sotto una garza mentre il signor Finferli gli teneva ferme le ali.

— Su quella poltrona mi sembra scomodo, bisognerebbe trovare un posto dove possa riposare — disse poi il papà.

Così, con la fornitissima cassetta degli attrezzi di casa, costruirono un giaciglio per l'animale: assomigliava molto a un nido, ma era fatto di canne e rami intrecciati. Al suo interno misero una vecchia tovaglia, e l'uccello si sistemò comodamente.

— Avrà fame, poverino! — disse la mamma, mentre il papà riponeva nello sgabuzzino le tenaglie e il martello. E subito andò in cantina a prendere la scatola con i vermetti che il signor Finferli usava per pescare di domenica. L'uccello sembrò apprezzare molto lo spuntino. *Groaaa!* fece voltando la testa verso la famiglia Finferli.

— Dovremmo trovargli un nome — commentò papà, e tutti furono d'accordo.

— Lo chiamerò Groa, è il verso che fa quando è contento! — esclamò Mad.

Così Groa si sistemò al sicuro nella casa color giallo ocra di Pescio.

Quella sera Mad spostò il nido in salotto, vicino alla finestra aperta. Benché la televisione annunciasse l'arrivo di una perturbazione, la temperatura non accennava a scendere. La famiglia Finferli restò a guardare la TV osservando con la coda dell'occhio l'uccello bianco che riposava con aria pacifica. Quando fu il momento di andare a dormire spensero le luci e abbassarono un poco

le tapparelle. Mad si infilò sotto alle lenzuola e dopo pochi minuti già dormiva.

Dalle finestre entrava il profumo dei fiori di gelsomino che la signora Finferli aveva piantato sul balcone, il vento prese a soffiare portando grossi nuvoloni nel cielo sopra Pescio.

In paese tutto era tranquillo. Era da poco passata la mezzanotte, quando un'automobile attraversò lentamente la strada principale, passando davanti al Municipio e superando gli stabilimenti della famiglia Tratti. Alla guida c'era un uomo alto e robusto, vestito con abiti scuri poco adatti a una notte d'estate. Accanto a lui sedeva un secondo uomo, anche lui vestito di scuro, con un cappello calato fin sugli occhi.

— Ci siamo, è qui! — disse.

Allora il guidatore imboccò la strada dove viveva la famiglia Finferli e parcheggiò l'auto davanti alla palazzina. Si guardò attorno e, dopo avere verificato che non ci fosse nessuno in giro e tutto fosse buio e silenzioso, sogghignò soddisfatto. In quella parte di periferia di Pescio passavano solo i residenti delle case colorate; per questa ragione l'uomo vestito di nero non corse grandi rischi di venire scoperto, quando tirò fuori dal baule della macchina una scala metallica estensibile. La allungò e l'appoggiò al muro proprio accanto alla finestra dell'appartamento dei signori Finferli. L'uomo con il cappello si arrampicò velocemente sulla scala, poi si sporse oltre la tapparella del primo piano, lasciata aperta a causa del gran caldo.

— Fulmini! — esclamò a bassa voce, appena scorse nel buio il nido dove Groa dormiva.

— Fai silenzio! — bisbigliò da terra il suo collega, con tono arrabbiato. — O ti farai scoprire!

L'uomo vestito di grigio allungò le braccia verso l'uccello ma, come toccò le morbide piume bianche, Groa spalancò gli occhi, spaventato. Impiegò un secondo a realizzare che cosa stesse accadendo, voltò il becco verso l'uomo alla finestra, deciso a difendersi.

— Ahi! — urlò. — Mi ha morso! — Ritrasse il braccio dolorante, ma l'uomo a terra insisteva perché prendesse l'animale al più presto.

— Adesso ti faccio vedere io... — cominciò a dire, con tono furioso. Già si preparava ad afferrare il volatile, quando una voce roca tuonò dal buio della stanza.

— Che succede qui?

Era il signor Finferli, che aveva il sonno leggerissimo e di notte faticava a dormire, abituato a oltre dieci anni di turni notturni in fabbrica. Entrò in salotto con passo sicuro, deciso a scoprire chi stesse facendo quel baccano. Quando vide l'uomo alla finestra, tutto sporto con le braccia nel suo salotto, non lanciò un urlo solo perché non voleva svegliare la moglie e la figlia. In un passo fu alla finestra, ma l'uomo vestito di grigio non c'era più: aveva capito dallo sguardo del signor Finferli che era meglio togliersi di torno al più presto. Il papà di Mad fece però in tempo ad afferrare la scala, così l'uomo vestito di nero fu costretto a lasciarla lì, appoggiata al muro della palazzina. I due si infilarono in macchina e partirono a tutta velocità, lasciando il signor Finferli affacciato alla finestra con le mani sui pioli e l'espressione incredula. Lui e Groa si scambiarono un'occhiata stupita. Poi l'uomo chiuse la finestra, sollevò il nido e lo portò in cucina.

— Vorrei davvero sapere che cosa cercavano quei due in casa nostra... — disse sbadigliando. Poiché non c'era modo di rispondere alla domanda e tutto era di nuovo tranquillo, l'uomo tornò a letto.

La mattina dopo, a colazione, il signor Finferli raccontò alla moglie e alla figlia quello che era accaduto. Mad ascoltò con attenzione il resoconto del padre, poi cominciò a riflettere sulla situazione. A Pescio tutti si conoscevano e nessuno aveva segreti. Chiunque in paese sapeva che a casa sua non c'era nulla che potesse interessare a un ladro: il loro televisore era vecchio, la mamma non possedeva gioielli né papà aveva un computer.

— E allora perché entrare in casa nostra? — si domandò Mad, lasciando vagare lo sguardo nella piccola cucina dove il papà beveva caffè e la mamma disponeva alcuni piccoli vermi davanti al nido di Groa.

"L'uccello!" realizzò di colpo tra sé. E Groa, come se avesse potuto leggerle nei pensieri, si voltò verso di lei.

Groaaa! fece, prima di ingoiare un vermetto per colazione, con aria soddisfatta.

Mad lasciò il volatile alle cure della mamma e si recò

nel bosco per passeggiare all'ombra dei frassini. Aveva bisogno di riflettere e il suo cervello funzionava meglio all'aria aperta. Camminò a lungo, ripensando al rumore del motore che aveva sentito nel bosco e all'insistenza con cui Riki sosteneva che lui e i suoi amici non c'entrassero nulla, con l'uccello ferito. Pensò a lungo alla strana atmosfera del bosco e, quando tornò a casa per pranzo, aveva le idee molto più chiare. Era convinta che i due uomini volessero rapire il volatile che aveva salvato; probabilmente si trovavano nel bosco anche quando lei aveva trovato Groa. Mangiò velocemente, perché doveva sbrigare al più presto una cosa importante: scoprire perché qualcuno intendeva fare del male all'uccello bianco, e per farlo aveva bisogno di aiuto.

Mad sapeva di non avere nulla in comune con Riki Tratti. Il ragazzo era interessato solo a divertirsi con il suo gruppo di amici, ad andare in giro sul suo motorino nuovo e a far morire d'invidia quante più persone possibile per i privilegi che gli toccavano essendo figlio di Giovanni Tratti.

Eppure era proprio verso la villa dei signori Tratti, che Mad stava andando quel pomeriggio.

— Stai qui tranquillo, vado a cercare qualcuno che possa aiutarci — aveva detto a Groa prima di uscire di casa. Ed era davvero convinta che Riki, nonostante tutto, li avrebbe aiutati.

Il ragazzo viveva in una grande villa bianca circondata

da uno spazioso giardino. Arrivata al cancello, scorse il motorino rosso parcheggiato sul vialetto d'ingresso, accanto a un giardiniere impegnato a potare cespugli di rose.

— Buongiorno! — disse Mad. — Riki è in casa?

E il giardiniere, convinto di avere davanti un'amica del figlio del signor Tratti, aprì la porta e le indicò la strada per raggiungere la stanza di Riki, che occupava tutto il piano interrato della casa. Come Mad si affacciò alla stanza del compagno di scuola, restò senza parole.

— Wow! — esclamò osservando la grande scrivania posta accanto a un enorme televisore a cristalli liquidi appeso alla parete.

— Ehi, da dove spunti, tu? — disse Riki, che stava sistemando i suoi videogiochi nella cabina armadio e non l'aveva vista entrare.

— Scusa se ti disturbo, sono venuta da te perché ho bisogno di aiuto — spiegò Mad.

Riki uscì dalla cabina armadio, decisamente stupito. Solitamente era lui a chiedere cose agli altri. Ma quando vide l'espressione seria di Mad, si incuriosì.

— E come potrei aiutarti?

— Ricordi l'uccello bianco che ho trovato nel bosco?

Riki annuì.

— Ecco, ho bisogno di quello. — Mad indicò il computer ultra accessoriato che occupava metà della scrivania.

Mentre Riki avviava il computer, la ragazza gli raccontò quello che era successo.

— Quindi sospetti che quei due vogliano mettere le mani su Groa.

— Ne sono praticamente certa! Se non fosse così, non saprei spiegarmi per quale motivo abbiano cercato di entrare in casa nostra.

Riki si fermò a riflettere, poi aggiunse: — E ora vorresti cercare di scoprire grazie a internet che cosa abbia di così speciale l'uccello bianco...

— Esattamente.

— D'accordo, allora posso aiutarti. Io sono un esperto! — disse sorridendo. In fondo non aveva nulla di meglio da fare, e questa storia un po' misteriosa cominciava a interessarlo.

Insieme, i due ragazzi trascorsero il pomeriggio navigando su siti specializzati nella salvaguardia e nella protezione degli animali. Riki se la cavava davvero bene con internet, e presto i due fecero una scoperta sensazionale.

— Groa è una cicogna! — esclamò Mad, sobbalzando sulla sedia.

— Sembra proprio di sì! — confermò Riki, avvicinandosi allo schermo per vedere meglio. — Non capisco come hai fatto a non accorgertene! Non passi tutti i giorni nel bosco? — chiese lui, con tono scherzoso.

— Di cicogne qui non ce ne sono, te lo assicuro! — rispose lei scuotendo la testa. — Anzi, sono animali abbastanza rari!

— Già! — confermò Riki, indicando una pagina web. — Era estinta dal diciassettesimo secolo, ed è ricomparsa nel nostro paese solo grazie a un progetto della "LIPU", Lega Italiana Protezione Uccelli! Dal 1985 a oggi la popolazione di cicogne ha ripreso a crescere!

— Be', scriviamo per chiedere consigli su come curarla al meglio. Sapranno certamente darci delle indicazioni — propose Mad.

Dopo aver inviato la mail, Riki si fece raccontare del nido che il papà di Mad aveva costruito e dei vermetti che la mamma dava a Groa per colazione, e fu davvero contento di sapere che l'animale stava meglio. Poi però si ricordò dei due uomini vestiti di scuro, e il suo volto si adombrò.

— Mad, credo che Groa non sia al sicuro da te. Quei due potrebbero tornare.

— E dove potrei nasconderla?

— Portiamola qui! — esclamò Riki — I miei non se ne accorgeranno nemmeno, non vengono mai qua giù, in camera mia! — Mad si guardò attorno. In quella enorme stanza climatizzata Groa sarebbe stata benissimo. Riki aveva ragione. Era più sicuro spostare la cicogna.

Quel pomeriggio Groa arrivò nella sua nuova casa. I signori Finferli salutarono l'ospite dalla soglia dell'appartamento, un po' dispiaciuti di non avere più la compagnia dell'animale. Mad sistemò il nido accanto alla scrivania di Riki, in un angolo fresco della stanza, davanti a una finestra da dove Groa poteva guardare il cielo e le cime degli alberi in giardino. Il giardiniere venne incaricato di tenere da parte tutti i vermetti che riusciva a trovare, e Mad ebbe a disposizione la fornitissima cassetta del pronto soccorso della famiglia Tratti.

Nei giorni seguenti, Mad andò tutte le mattine da Riki, per stare con Groa. La cicogna recuperava velocemente, poco alla volta riprese a muovere la zampa, tentando qualche passo attraverso la stanza. Riki smise di andare al laghetto con i compagni di scuola, perché scoprì che Mad aveva da raccontare tantissime storie divertenti sul bosco. Era affascinante restare ad ascoltarla, mentre spiegava di come gli animali si sistemassero nelle tane per l'inverno, o come anche gli alberi talvolta si ammalassero. Mad, a sua volta, capì che aveva giudicato Riki troppo frettolosamente: sapeva farla ridere con le sue fulminanti battute, o imitando Giovanni Tratti mentre andava in giro per i reparti della fabbrica.

Poi una mattina, Mad arrivò alla villa bianca e trovò Riki ad aspettarla sull'ingresso. Sembrava agitato.

— Non ci crederai mai! — esclamò, mentre la precedeva diretto verso la sua stanza.

— D'accordo, ma... a che cosa?! — chiese lei.

— Guarda, ci hanno risposto! — rispose Riki, indicando il computer acceso.

Mad si avvicinò allo schermo e finalmente capì che

cosa sconvolgeva tanto l'amico. Si trattava di una mail arrivata da poco nella casella di posta. Era la risposta a quella che avevano inviato all'associazione per la protezione degli animali della loro regione.

Cari Maddalena e Riccardo,
quello che avete trovato è sorprendente!
Non si vedevano cicogne nella zona in cui vivete da secoli ormai, e il fatto che un esemplare sia tornato a vivere nel bosco del vostro paese significa che molto probabilmente ce ne sono altre.
È una bellissima notizia!
Mandatemi subito una fotografia di Groa, così che io possa intervenire per le cure il prima possibile (ma, da quello che mi scrivete, avete fatto un ottimo lavoro).
Luca

— Wow! — esclamò Mad. — Le cicogne sono tornate a vivere nel bosco di Pescio.

— Già! E al momento noi siamo gli unici a saperlo!

Mad guardò Riki e poi Groa: era emozionata, entusiasta, orgogliosa di avere salvato la cicogna e di avere così scoperto la presenza del raro animale.

— Dobbiamo avvisare il sindaco. Anzi, dobbiamo raccontare quello che è successo a tutti gli abitanti di Pescio! — cominciò a dire, pensando rapidamente a tutte le cose da fare. — Arriveranno dei giornalisti e annunceranno il ritorno delle cicogne. Forse faranno addirittura

un servizio al telegiornale! — Mad non stava più nella pelle, al pensiero delle cose che sarebbero successe. Finalmente tutti si sarebbero resi conto che, oltre al lago dove la gente si fermava a fare i pic-nic, c'era un bellissimo bosco da esplorare. Avrebbero compreso l'importanza della natura che circondava il paese.

— Non possiamo fare tutto da soli! — disse Riki, interrompendo i pensieri della ragazza con tono deciso. — Abbiamo bisogno di aiuto.

— E a chi possiamo chiederlo?

— Dimentichi che mio padre è Giovanni Tratti, l'uomo più importante del paese! — esclamò Riki con un grosso sorriso in faccia. E, per la prima volta, Mad pensò con simpatia alla fabbrica sulla piccola collina accanto alla villa.

Così Mad, seguendo l'amico, imboccò il corridoio che portava alla scale che conducevano al primo piano della casa, regno della signora Augustina Tratti. Attraversarono un enorme salotto deserto e poi imboccarono una seconda rampa di scale.

— Mio padre sta sempre nel suo ufficio, nel sotto tetto — spiegò il ragazzo.

Mad osservava a occhi sgranati la casa dell'amico, così grande che avrebbe potuto contenere tutti gli appartamenti della sua palazzina. Anche Groa si guardava attorno, stupita.

I due ragazzi avevano deciso di presentarla al signor

Tratti: era un uomo molto indaffarato e non aveva tempo da perdere, ma forse vedendo la cicogna si sarebbe convinto ad aiutarli.

Arrivati in cima alle scale, si trovarono in una stanza su cui si affacciava una porta socchiusa. Era l'ufficio del direttore della G.T.&F. Riki stava per bussare, quando la voce tonante di suo padre lo bloccò.

— Maledetta cicogna! — urlò. Mad ebbe la prontezza di afferrare l'amico per la maglietta e trascinarlo indietro. — Dovevate trovarla! — aggiunse.

E una voce incerta rispose: — Ci abbiamo provato, stavamo per prenderla... — ma non finì la frase, perché Giovanni Tratti disse: — Non mi importa che cosa stavate per fare! Voglio sapere dove si trova ora!

— Non lo sappiamo, signore, l'abbiamo persa. Di certo non è più in casa della ragazza!

— Ve la siete lasciata sfuggire già una volta nel bosco...

— Eravamo quasi riusciti a catturarla, e l'abbiamo senza dubbio ferita!

— Sì, ma poi la ragazzina l'ha salvata! E voi di nuovo avete permesso che scappasse.

— Be', il padre della ragazza è grande e grosso, avreste dovuto vederlo!

I due amici si scambiarono un'occhiata incredula. Mad strinse a sé Groa e si sistemò dietro una grande libreria colma di libri contabili e documenti. Da lì potevano ascoltare quello che veniva detto nell'ufficio senza rischiare di essere scoperti. Mad era davvero curiosa

di scoprire che cosa stava accadendo, perché senza dubbio parlavano di lei.

— Non m'importa! Dovete trovarla e farla sparire! — disse con tono minaccioso Giovanni Tratti, e un brivido corse per la schiena della ragazza, che guardò Groa farsi piccola tra le sue braccia.

— I tecnici che ho incaricato di effettuare i sopralluoghi hanno spiegato chiaramente che, se qualcuno scoprisse che c'è una cicogna nel bosco, non potrei comprare i terreni che mi servono per ampliare la fabbrica! — Riki ascoltava col fiato sospeso: ora i piani del padre stavano diventando chiari, nella sua testa. — Se il bosco diventasse un'area naturalistica protetta, non potrei sfruttarla a fini commerciali e chi sa allora che cosa accadrebbe! — Il papà di Riki era furioso e preoccupato. — Dovrei chiudere l'attività, probabilmente!

Mad aveva sentito abbastanza e voleva andare via di lì. Senza saperlo avevano portato la cicogna proprio nel luogo più pericoloso, vicino alle persone che avevano cercato di ferirla nel bosco, il giorno in cui l'aveva trovata. Guardò Riki: l'amico stava pensando le stesse cose, a giudicare dalla sua faccia.

In un sussurro Mad disse: — Andiamo via di

qui! — e stava per fare un passo verso le scale, quando la porta si spalancò e dall'ufficio uscirono proprio i due uomini che avevano cercato di rapire Groa. La cicogna allungò il collo, sporgendosi oltre lo schedario dietro cui Mad e Riki erano nascosti. Come vide l'uomo con il cappello grigio, riconobbe il losco figuro e si spaventò così tanto che non riuscì a trattenere un grido rauco di terrore. *Creeek!*

I due ceffi si immobilizzarono. Al contrario, Mad e Riki cominciarono a correre. Si lanciarono giù dalle scale, subito inseguiti dai due uomini e anche dal signor Tratti, che non aveva capito esattamente che cosa stesse accadendo, ma aveva visto la cicogna e si gettò anche lui all'inseguimento.

I due ragazzi passarono dalla camera di Riki e poi attraversarono il giardino; riuscirono a lasciarsi alle spalle

i due inseguitori solo perché questi non conoscevano la grande villa e un paio di volte aprirono la porta sbagliata, ritrovandosi nello sgabuzzino delle scope e nell'armadio delle scarpe di Augustina. Passarono davanti al giardiniere e poi Mad puntò dritto verso il bosco, che cominciava appena oltre il cancello della villa.

— Seguimi e fidati! — disse a Riki, con il cuore che scoppiava per la corsa.

Mad trovò velocemente il sentiero che cercava e vi si lanciò a tutta velocità, con i tre uomini che rallentavano per non finire contro i rami più bassi dei pioppi e dei frassini. Lei conosceva ogni angolo del bosco, ogni sentiero, ogni ansa in cui il fiume voltava nella sua corsa dai monti fino al lago. Sapeva perfettamente che il ponte che attraversava il corso d'acqua in piena, poco distante da loro, aveva bisogno di urgenti riparazioni.

— Metti i piedi esattamente dove li metto io — urlò a Riki, sentendo che i tre uomini recuperavano terreno. Poi saltò le prime due assi di legno, che non erano più assicurate ai tralicci metallici, e anche quella centrale, ormai marcia. Quando misero piede sull'altra sponda, Mad rallentò il passo, voltandosi a osservare quanto stava per accadere.

— Ora vi prend... — esclamò l'uomo con il cappello

grigio, ma non finì la frase perché l'asse marcia cedette e lui perse l'equilibrio, ritrovandosi nell'acqua gelata. Non fece una fine migliore il suo compagno, che smosse involontariamente le prime assi di legno, seguendo l'amico giù nel fiume. Il signor Tratti non osò tentare la traversata e si fermò a guardare i due ragazzi che si allontanavano a passo spedito, mentre gli uomini vestiti di scuro si aggrappavano alle rocce per non farsi portare via dalla corrente.

— Torna indietro, Riki! — urlò inutilmente.

Ma Riki non gli diede retta e seguì Mad, che continuava a camminare con la cicogna tra le braccia.

— E ora dove andiamo? — chiese dopo un po'.

— Conosco un posto sicuro dove possiamo nascondere Groa — rispose Mad. I due camminarono per pa-

recchio tempo, seguendo sentieri che Riki non avrebbe mai trovato, senza l'amica. Infine raggiunsero un piccolo prato macchiato di fiori di aglio e viole selvatiche, al centro del quale c'era una casetta di legno.

— È il rifugio del vecchio guardacaccia! — spiegò Mad, aprendo la porta ed entrando nel piccolo ambiente. — Per ora è meglio se stiamo qui, finché non decidiamo che cosa fare. Non ci troveranno.

Riki si guardò attorno. C'era un tavolo con tre sedie spaiate, un caminetto e un letto a castello. Lui era abituato a posti più lussuosi ma, appena aprirono le finestre, la casetta sembrò molto più accogliente. Sistemarono la cicogna sul letto e andarono a raccogliere mirtilli dai cespugli che crescevano accanto al torrente.

— Mio padre non cambierà i suoi programmi. Se vuole fare sparire le cicogne e comprare il bosco non riusciremo mai a fargli cambiare idea — disse con aria triste Riki, riempiendo una ciotola di piccoli frutti viola.

— No, se glielo chiediamo solo noi — ammise Mad. — Ma forse potrebbe cambiare idea se fossero tante persone a chiedergli di farlo! — aggiunse pensierosa. Che cosa intendesse esattamente glielo spiegò dopo, quando avevano raccolto abbastanza mirtilli e prugne selvatiche.

— Prestami il tuo telefono — disse, e Riki subito tirò fuori il cellulare dalla tasca. Mad scattò diverse foto della cicogna, e Riki comprese al volo che cosa voleva fare. — Per fortuna nel bosco c'è campo — disse.

Dal telefono del ragazzo partirono un gran numero

di mail dirette a tutti i suoi amici della scuola. "Questa è la nostra speranza di salvare il bosco!" scrissero a grosse lettere. "Emergenza!" Aggiunsero poi: "Stiamo cercando di proteggere questa rara cicogna, che ha deciso di tornare a vivere nel bosco". E chi non aveva la mail, ricevette un sms con cui Mad e Riki spiegavano brevemente che cosa stava accadendo.

Le mail e i messaggi partirono dal telefono di Riki e arrivarono a tanti ragazzi e ragazze di Pescio, che lessero con sorpresa l'appello del loro amico e lo girarono a loro volta ad altri amici, che li fecero leggere ai genitori. E le mamme e i papà, che da ragazzi avevano trascorso tanto tempo al laghetto, fecero girare i messaggi e le foto della cicogna bianca tra parenti e conoscenti. In breve il panettiere ne parlava con i clienti, che si fermavano per strada a discuterne con il vigile e il giornalaio. Tutti parlavano della cicogna, che divenne presto famosa. La soprannominarono Speranza, perché Mad aveva scritto che si trattava dell'unica speranza di salvare il bosco.

Furono in molti, quel giorno, spinti dalla storia della cicogna Speranza, a pensare a quanto era bello passeggiare tra i pioppi, raccogliere i ciclamini, osservare le nuvole correre oltre le cime dei ciliegi, immergere i piedi nel ruscello, seduti sui sassi scaldati dal sole. C'era chi camminava sovrappensiero ricordando il primo amore, nato proprio in riva al laghetto, chi pensava alle estati trascorse all'aria aperta, chi diventava malinconico ricordando le gare in bicicletta fatte con gli amici, nei prati del bosco. E molti, adulti e ragazzi, cominciarono a discutere con orgoglio della cicogna Speranza, che era tornata a vivere dalle loro parti.

Mentre a Pescio accadevano tutte queste cose, Mad e Riki continuavano a scrivere. Con il loro telefono inviarono una mail all'associazione per la difesa degli animali, spiegando la situazione.

Luca rispose subito:

Resistete!
Vi aiutiamo noi, ci stiamo muovendo in tutta fretta per informare la regione della presenza delle cicogne!

Poi convocò i colleghi, raccontò che cosa stava accadendo, e tutti si misero all'opera. Dall'ufficio partirono decine di telefonate e mail dirette a sindaci e uffici sparsi per le città della zona. Bisognava avviare le pratiche per dichiarare il bosco di Pescio area protetta, e bisognava fare presto!

Contemporaneamente, mentre Luca lavorava alacremente e gli abitanti di Pescio si accorgevano di quanto fossero legati al bosco che circondava il paese, il signor Tratti e i suoi tirapiedi battevano il bosco alla ricerca di Mad e Riki. Non avevano idea di cosa stesse accadendo in paese, sapevano solo che dovevano ritrovare al più presto i due ragazzi e la cicogna.

Il sole tramontò e venne la notte. Mad non aveva paura: nella piccola capanna del guardacaccia si sentiva al sicuro. Mandò un messaggio al papà per tranquillizzarlo, poi preparò i letti con le coperte che aveva trovato nel mobile accanto al tavolo. Mangiarono la frutta e diedero a Groa i vermetti che Riki aveva trovato sulla riva del fiume. Quella sera si infilarono presto sotto le coperte, mentre la cicogna si accoccolò ai piedi di Mad. Parlarono a lungo di quanto era accaduto e si addormentarono solo dopo molte chiacchiere.

La mattina seguente vennero svegliati dal rumore improvviso di un motore. Mad spalancò gli occhi, Riki balzò in piedi, e un attimo dopo la porta si spalancò e comparvero nella stanza il signor Tratti e i due uomini vestiti di scuro.

— Eccovi finalmente — disse il papà di Riki. — È tutta la notte che vi cerchiamo! — E la cosa doveva essere sicuramente vera, a giudicare dalla sua faccia.

In breve Mad, Riki e Groa furono caricati sul fuoristrada, e non servirono a nulla le loro proteste. Il signor Tratti credeva di avere risolto i suoi problemi: doveva solo accompagnare Mad a casa, fare sparire la cicogna, acquistare

i terreni e ingrandire la fabbrica. Poi tutto sarebbe andato per il meglio. Non aveva idea di quello che lo aspettava fuori dal bosco. Infatti, come la macchina sbucò sulla strada asfaltata, rimase letteralmente senza parole.

Davanti al bosco si era riunito l'intero paese, con i ragazzi della scuola media in testa, decisi a trovare il loro amico. La macchina fu costretta a fermarsi, bloccata tra la folla, e qualcuno vide la cicogna.

— C'è la cicogna Speranza! — urlò il panettiere, e molti applaudirono, altri volevano affacciarsi ai finestrini per salutarla.

Mentre il paese festeggiava la cicogna, un'auto parcheggiò poco distante. Era Luca, che arrivava di corsa con ottime notizie. Si fece largo tra le persone e raggiunse Mad e Riki, che intanto erano scesi dal fuoristrada e raccontavano la storia di Groa a tutti quelli che gliela chiedevano.

— Eccovi! Finalmente vi conosco! — esclamò, avvicinandosi ai due ragazzi e presentandosi. — Ho i documenti che serviranno al sindaco per proteggere il bosco — spiegò, sventolando alcuni fogli.

E il sindaco, che si trovava lì accanto, intervenne. — Certamente, faremo di tutto per proteggere la natura! — esclamò convinto. E Mad annuì, felice che il sindaco la pensasse come lei.

— Salviamo il bosco delle cicogne dal signor Tratti!

— gridarono alcuni, a supporto della decisione. Allora il signor Tratti, che fino a quel momento era stato in silenzio, sentì che era meglio mettere subito in chiaro il suo punto di vista.

— Signor sindaco, capisco bene l'importanza di difendere l'ambiente, ma senza spazi nuovi la mia fabbrica verserà in gravi difficoltà economiche. — A questa affermazione, il clima di festa si spense e gli abitanti di Pescio cominciarono a borbottare tra loro, perché non era affatto semplice capire quale fosse la cosa giusta da fare e ognuno aveva un'opinione diversa. Anche Mad ammise che il signor Tratti non aveva poi tutti i torti.

— Salvare le cicogne è la priorità — disse il vigile.

— Dici così solo perché non rischi di restare senza lavoro — ribatté un operaio. E così via, la gente parlava mettendo a confronto le diverse opinioni, con tutti gli operai della fabbrica che, pur comprendendo l'importanza della salvaguardia del bosco, temevano di ricavarne solo un danno. Il sindaco e Giovanni Tratti, che pure fino a poco prima erano convinti di sapere che cosa fosse meglio, ora avevano l'impressione che tutti avessero ragione, in parte.

Luca, Mad e Riki guardarono Groa, ancora seduta in macchina. Erano impazienti di sapere che cosa sarebbe accaduto.

Sembrava davvero che non si riuscisse a venire a capo del problema. Poi il papà di Mad si fece spazio tra la folla, raggiunse il sindaco e disse: — Si potrebbe rinunciare al nuovo parcheggio che il sindaco ha previsto di far costruire e dare lo spazio in concessione al signor Tratti per l'ampliamento della fabbrica.

Tutti tacquero, perché era davvero una buona idea. In fondo, si poteva rinunciare a qualche posto auto in più per salvare il bosco. E forse anche utilizzare meno la macchina.

— Il comune può cedere il terreno, salvando così il bosco… — affermò il sindaco, prendendo la parola con tono solenne — … ma il signor Tratti deve garantire nuovi posti di lavoro!

Tutti gli abitanti di Pescio concordarono sul fatto che fosse un'ottima idea, così il signor Tratti accettò, anche perché si rendeva conto che Pescio senza il bosco non sarebbe stato lo stesso paese. Esplose un applauso, tutti si volevano congratulare con il signor Finferli e Mad si sentì fiera del padre. Anche Riki fu orgoglioso di scoprire che suo papà, nonostante gli errori, sapeva poi prendere la decisione più giusta. Il signor Tratti, dal canto suo, riconoscendo l'orgoglio negli occhi del figlio, si pentì di quanto aveva cercato di fare alla cicogna.

Il sindaco accompagnò subito Luca in Municipio, perché avevano tantissime cose di cui discutere circa il futuro del bosco. Poi Luca portò Groa dal veterinario dell'associazione, per finire di curarla prima di rimetterla in libertà. Mad e Riki la andarono a trovare tutti i giorni, e furono accanto a Luca quando arrivò il momento di riportarla nel bosco e lasciarla libera.

Da quel giorno molte cose cambiarono. Innanzitutto il bosco e i suoi sentieri furono molto più frequentati: persone di tutte le età riscoprirono quante cose belle poteva offrire la natura. Il signor Tratti ingrandì la fabbrica, assumendo e reintegrando molte persone (tra cui il signor Finferli, a cui toccò un generoso aumento di stipendio). Molte altre cicogne furono avvistate tra i pioppi e i ciliegi, e non era raro incappare in qualche abitante di Pescio con il naso all'aria, per cercare di vederle.

Ogni primavera, per molti anni, un grosso uccello bianco planava nel cielo sopra la villa bianca di Riki e sulla palazzina giallo ocra di Mad. Era Groa, che tornava a salutare i suoi amici. Ma per tutti gli altri abitanti di Pescio, quella era ancora la cicogna Speranza, che tante cose belle aveva portato con sé, prima di proseguire lungo la sua strada, migrando verso sud.

Se trovate un animale selvatico in difficoltà, contattate subito la "LIPU":
0521 273043
info@lipu.it

MIO FRATELLO È UN SUPEREROE

Immaginate un mondo senza più ingiustizie.

Un mondo in cui ogni bambino o bambina possa esprimersi, essere se stesso e crescere, sognando un futuro su misura. E non importano il quartiere in cui si vive, il colore della pelle o quanti soldi si hanno perché, sparite le ingiustizie, tutti avranno uguali possibilità e uguali speranze.

Riuscite a immaginarlo?

Vi piacerebbe un posto così?

A noi sì, è il motivo per cui lavoriamo ogni giorno affinché in un piccolo pezzo di mondo si possa raggiungere questo risultato.

Tra i tanti strumenti che utilizziamo per aiutare i ragazzi e le ragazze in difficoltà, c'è l'Arte: la musica, il disegno, il movimento e molto altro.

Toni per esempio ama i graffiti, che invece molti considerano solo brutti scarabocchi. Ma dipingere i muri è un'arte vera e propria, e lo dimostrano i grandi artisti internazionali come Blu o Banksy. Certo, per diventare bravi ci vuole tempo e determinazione, senza la paura di sbagliare, e lo stesso serve per realizzare i propri sogni. Ma l'arte è soprattutto espressione personale, capacità di vedere oltre i pregiudizi, di immaginare una realtà migliore.

Ci piacerebbe che fosse migliore per i ragazzi e le ragazze in situazioni difficili, simili a quella di Toni. Che compiere le scelte giuste fosse più semplice di quanto a volte è, soprattutto in posti in cui *legalità* è una parola sconosciuta. Per questo pensiamo che l'arte sia un po' come dovrebbe essere la vita: coraggiosa, creativa, liberatoria. E giusta.

Ecco perché abbiamo voluto raccontarvi la storia di Toni. Speriamo che tutti i ragazzi e le ragazze sappiano sempre pensare con la propria testa e costruirsi un futuro speciale.

E noi saremo qui a dare una mano, per scrivere su ogni muro grigio che sembra insormontabile la parola: GIUSTIZIA.

www.mediafriends.it

MEDIAFRIENDS ONLUS

FORNO

A mio fratello lo chiamavano Spiderman.

Non andava in giro con una tutina rossa aderente e non sapeva nemmeno sparare le ragnatele coi polsi ma tutti dicevano che era fortissimo a schizzare fuori dai palazzi, a sfuggire ai nemici e a salvare gli amici.

Mi sembrava fantastico avere un Supereroe come fratello maggiore.

Anche perché io super non lo ero per niente. Anzi, ero una Superschiappa che a nascondino finiva sempre sotto e a guardie e ladri veniva catturato dopo due minuti, sia da guardia che da ladro.

Tutto quello che sapevo fare era disegnare.

Disegnavo sui libri, sui quaderni, sul banco. Quando avevo nove anni, mio fratello, che era già grande, un giorno mi aveva dato uno schiaffo dietro la nuca e mi aveva detto: — Ancora con questi pupazzetti? Ma quando cresci, eh? — Allora avevo cominciato a disegnare di nascosto. Non volevo che Spiderman pensasse che fossi uno smidollato.

A scuola nessuno mi dava fastidio nonostante fossi il più magro e basso di tutti.

Se hai un Supereroe per fratello, diventi automaticamente intoccabile. Intoccabile vuol dire anche che nessuno si avvicina mai troppo a te. Alla mia festa di compleanno dei dieci anni si presentarono solo cinque compagni di classe. Non venne nemmeno quello che allora era il mio migliore amico.

— Toni, mia madre non vuole che vengo a casa tua — mi disse il giorno dopo.

Sentii una specie di pizzico sul cuore, una cosa che faceva male e toglieva un po' il fiato.

— Perché? — gli chiesi. La mia casa era in regola. C'era tutto, TV, videogiochi. Mio fratello poi era Spiderman! Non era abbastanza?

— Perché tuo fratello sta nella Banda dello Stradone. Lo sanno tutti.

Non avevo idea di cosa volesse dire.

Mio fratello aveva degli amici che lo venivano a prendere e uscivano con le moto e le macchine grosse e mio padre ogni volta sbraitava qualcosa tipo: —Finisce male!

Avrei voluto ricordargli che Spiderman vince sempre. Avrei voluto dirlo anche al mio migliore amico ma non lo feci perché in quell'istante non eravamo più nemmeno amici.

Mi abituai a stare per i fatti miei.

Tanto avevo i miei disegni. La mia stanza ormai era completamente invasa da fogli di carta. E all'improvviso a dodici anni mi accorsi che un foglio di carta può essere davvero troppo piccolo e che stare dentro ai margini diventa sempre più difficile, forse perché stai diventando grande, almeno dentro. Ventuno per ventinove virgola sette centimetri perciò non bastavano più, anche se ero sempre il più basso della classe e pesavo quaranta chili con i vestiti addosso.

Cominciai a prendere dei fogli più grandi. I cartoncini della cartoleria, che misurano un metro per settanta centimetri. Il rotolo di carta da sarta di mia madre, che se lo srotoli tutto arriva a coprire il corridoio di casa.

Non era ancora abbastanza, però.

Una notte me ne stavo sveglio nel letto ad ascoltare i rumori.

Spiderman stava litigando con papà.

— Non voglio questa gente in casa mia! — gridava mio padre.

Si sentivano molte voci, dovevano essere gli amici di mio fratello. Sentii il rumore di un vetro che si rompeva e mi tappai le orecchie d'istinto. Ma lo stesso mi raggiunse la voce di mia madre che si era alzata e adesso gridava anche lei.

— Dove hai preso questa roba?

Afferrai la matita dal comodino e cominciai a fare dei segni marcati sul muro bianco accanto al letto. Era una bellissima sensazione. Più loro gridavano, più io continuavo a fare segni neri. Poi i segni neri diventarono disegni. Un albero che si trasformava in piovra che afferrava una barca che stava in un mare che era però la ciotola dell'acqua di un cane gigante e nero, con le fauci spalancate. Cose così. E aggiunsi delle scritte.

Non avevano senso ma mi fecero stare meglio. Non lo so perché. Talmente meglio che mi alzai e presi i miei co-

lori a tempera e li cominciai a spiaccicare sul muro. Più loro gridavano, di là, più io aggiungevo colori.

Quando i tubetti finirono, passai la mano sul muro, sulla pittura fresca. Lasciai un'impronta qui, una là. Il bianco della parete scomparve del tutto nel momento in cui le urla cessarono e la porta sbatté con violenza.

Il giorno dopo mia madre mi riempì di botte, quando vide il muro.

Ci mise qualche secondo a realizzare quello che avevo fatto, quasi non ci credeva. Io pensavo che stesse ammirando la mia opera, la più grande della mia vita, e sorridevo come uno scemo. Pensavo che vedendo il mio disegno si sarebbe dimenticata anche della litigata, perché mi ricordavo di una frase che avevo sentito: "l'arte rende la vita migliore".

Non credo che mia madre capisca granché di arte perché quella fu la seconda volta in vita mia che mi picchiò senza pietà. La prima era stata quando ero caduto dalla bici cercando di imitare Spiderman che impenna con la moto.

Però quella notte capii una cosa importante: non è detto che per disegnare si debba usare solo la carta. Si può usare il mondo intero.

Il mondo intero era il mio quartiere.

Palazzi e cemento sono tristi quando li guardi, lo diceva sempre mia nonna che era nata in campagna. Ma palazzi e cemento significano anche una cosa: muri. E i muri sono all'improvviso degli spazi immensi sui cui viaggiare, se hai i soldi per comprare le bombolette. Io i soldi ce li avevo, mi bastava chiederli a Spiderman e lui mi allungava venti euro, o cinquanta, e mi guardava negli occhi: — Non lo dire a papà. Non ti fare accorgere di quello che compri, eh?

Ho sempre mantenuto il segreto e ho imparato a nascondere la roba che compravo. Le bombolette cominciai a tenerle nello zaino della scuola, dove mamma non ficcava più il naso. La sera aspettavo impaziente che papà mi dicesse: — Toni, vai a buttare l'immondizia.

Avevo sempre odiato buttare l'immondizia, dover scendere giù in cortile con il freddo o col sonno, toccare il bidone puzzolente col rischio di beccare qualche gatto che ti salta addosso o un topo.

Ma adesso l'immondizia era la via della libertà.

— Ok. Mi faccio anche un giro in bici — rispondevo, usando un tono casuale e prendendo lo zaino di nascosto. I miei facevano solo "mmm-mmmh" senza staccare gli occhi dalla televisione e io avevo un'oretta di libertà.

Andavo a caccia di muri.

Quando ne trovavo uno che mi piaceva, abbastanza nascosto, scuotevo la bomboletta e cominciavo una nuova opera d'arte. Avevo scaricato da internet i disegni di Blu e di Banksy, i miei artisti preferiti, ma avevo anche idee mie. Mi piacevano le scritte.

Prima di tornare a casa, poi, facevo il giro lungo per passare davanti al Mitico Muro, di cui si parlava su un sacco di forum di *street artist* della mia città. Si trovava proprio nel mio quartiere, di fronte all'ingresso della prigione.

Era un muro senza senso.

I muri senza senso li chiamo così perché li guardi e non capisci come mai li hanno costruiti, non sai a cosa servono. Nelle periferie delle città di muri senza senso ce ne sono decine, messi lì a caso, ma il Mitico Muro li superava tutti. Era lungo quanto tutta la strada e fronteggiava il muro di cinta della prigione. Era grigio chiaro, pulito, perfetto.

Nessuno andava ad abbellirlo perché era troppo pericoloso, magari ti beccavano le guardie del carcere o le telecamere e potevi metterti nei guai.

Mi piaceva passarci vicino e immaginare cosa avrei potuto disegnare su uno spazio così immenso. Un'intera poesia di parole dipinte. Ce le avevo già in mente.

SENZA LUCE IO NON SOGNO.

O qualcosa del genere.

Subito dopo lo sguardo mi cadeva sul filo spinato in cima al muro del carcere e cominciavo a pedalare più veloce per tornare a casa.

Il giorno in cui venne la polizia, stavo leggendo qualcosa su Dalì, il pittore, nel libro di storia dell'arte e col pennarello mi ero disegnato i baffi all'insù in faccia.

Non era una cosa strana per me. Ogni tanto mi ritrovavo a usare la mia pelle per qualche opera improvvisa. A scuola mi ridevano dietro perché certe volte i segni non venivano via subito, ci volevano giorni, e me ne andavo in giro tutto scarabocchiato.

Quando suonò il campanello pensavo fossero i miei genitori. Era un giorno di festa ed erano andati a trovare qualche parente. Spiderman invece se ne stava in camera sua a dormire perché era rientrato quando io stavo già facendo colazione.

Aprii la porta senza nemmeno chiedere chi è.

Il poliziotto mi fissò e rimase interdetto per qualche secondo. Non era solo, erano in cinque.

A me si gelò il sangue nelle vene. Erano venuti per me. Avevano trovato i miei disegni e sapevano che ero stato io a imbrattare i muri del quartiere anche se mi firmavo "Superschiappa". O forse proprio per quello.

— È casa Loreti? — chiese il poliziotto, fissandomi i baffi.

Annuii e tesi i polsi. Dovevano di sicuro ammanettarmi e portarmi in caserma.

— Abita qui Giovanni Loreti? — chiese lui, senza tirare fuori le manette.

— Spiderman.

Il poliziotto fece un sorriso che sembrava una smorfia. — Proprio lui. Dov'è adesso? Abbiamo un mandato di arresto.

Non aspettò la mia risposta. Mi spostò da parte ed entrò in casa con quegli stivali pesanti, seguito dai suoi colleghi.

Spalancarono le porte chiuse, sbattendole con violenza, e avevano le pistole spianate. Finché trovarono la porta della camera di mio fratello e tirarono Spiderman giù dal letto, strattonandolo e gridandogli frasi da telefilm tipo: "Fermo!" e "Sei in arresto".

Da vera Superschiappa, invece di difendere mio fratello, di spiegare l'errore, rimasi fermo nel corridoio, incapace di avere qualsiasi reazione.

Guardai i poliziotti che cercavano di trattenere Spiderman.

Guardai Spiderman che si dimenava e urlava parolacce e diceva: — Non avete uno straccio di prova, bastardi.

Guardai i poliziotti trascinare via Spiderman fuori dalla porta e giù per le scale, mentre i vicini si affacciavano sui pianerottoli per vedere cosa stesse succedendo e poi riscappavano in casa.

Rimasi da solo.

Poi mi decisi e mi tuffai a capofitto per le scale, ma raggiunsi i poliziotti in cortile quando erano già risaliti nelle volanti e stavano andando via.

— Aspettate! — gridai.

Spiderman mi guardava dal vetro del finestrino, aveva gli occhi rabbiosi ma anche preoccupati. Scuoteva la testa come per dirmi: vattene.

I poliziotti non si fermarono e vidi mio fratello diventare sempre più piccolo in fondo alla strada.

— I disegni. Li ho fatti io, lui non c'entra — mormorai. Ma non ero più molto convinto. Si arresta qualcuno per aver dipinto un muro?

Rimasi in cortile ad aspettare mamma e papà, non volevo tornare in casa da solo.

Mia madre, non appena mi vide, esclamò: — Mio dio, che faccia che hai!

Non ce l'aveva con la mia espressione angosciata. Lei vedeva solo i baffi di pennarello.

Se tuo fratello è un Supereroe e viene rinchiuso, all'improvviso la tua vita cambia.

Sui giornali locali leggi il suo nome in titoli grossi, in prima pagina, e ti chiedi perché ne parlino come se fosse un criminale.

— Se ne andava in giro con la pistola — disse mio padre. — E ora paga il prezzo di quello che ha fatto. Hai capito?

Io non ci credevo che Spiderman stesse dalla parte dei cattivi. Ci doveva essere un motivo se aveva combinato certe cose.

— La pistola ce l'aveva per difendersi — spiegai a mio padre. Poi andai a cercarla in camera sua, frugando tra i vestiti, ma non la trovai.

Volevo aiutarlo in qualche modo e non sapevo come.

A scuola gli altri ragazzi mi stavano ancora alla larga ma non bisbigliavano più quando passavo. Facevano commenti ad alta voce.

— È il fratello di quello che hanno messo in galera.

— Attente, magari è un criminale anche lui!

— Ehi, fratello di Al Capone! Adesso sei tu il capo, eh?

Io camminavo a testa bassa e mi facevo i fatti miei.

Forse fu per questo che non vidi i ragazzi grandi all'uscita, che mi aspettavano davanti al cancello. Erano in quattro, delle superiori. Mi si misero dietro senza che me ne accorgessi, stavo pensando al disegno che avrei fatto quella sera, stavo cercando di non pensare che Spiderman era in prigione e che il mondo stava andando in pezzi.

Non appena fui lontano dalla folla, mi circondarono e mi spinsero contro un muro.

— Che volete? — gli chiesi, stupito. — Non ho soldi.

Non li avevo davvero. Da dietro le sbarre, mio fratello non poteva più finanziare la mia arte. Avrei dovuto trovare un modo per guadagnarmi i soldi per le bombolette da solo.

— Non ci frega dei tuoi soldi. Sei il fratello di Spiderman? — chiese uno.

— Sì — risposi, sollevato. Forse erano amici suoi.

Mi arrivò un pugno in faccia. Così forte che per un attimo pensai che sarebbe rimasto tutto nero per sempre. Invece riuscii a riaprire gli occhi, solo per un attimo, prima che mi arrivasse un altro pugno, questa volta in pancia, e fossi costretto a piegarmi a terra.

Mi picchiarono in quattro e io non sapevo perché.

Continuavo solo a gridare, come uno stupido: — Non sono stato io! Non sono stato io!

Prima di andarsene, quello che aveva parlato per pri-

mo mi sputò sul jeans e disse: — Di' a Spiderman che questo è solo un avvertimento.

L'arte rende la vita migliore.

Forse non era vero. Forse valeva solo quando non venivi pestato, perché in quel caso non riesci nemmeno a tenere la matita in mano per colpa della fasciatura.

— Chi è stato? — mi aveva chiesto mio padre, vedendomi rientrare conciato in quel modo, con la maglietta strappata e il sangue dappertutto.

— Un rissa a scuola — avevo risposto, e mi ero lasciato medicare senza dire niente.

Ma la sera rimasi a fissare il soffitto. C'erano dei disegni anche lì, serpenti di ogni dimensione e forma. Fissavo i serpenti e sembrava si muovessero piano nella penombra creata dalla luna. Erano uguali a quelli che mi sentivo strisciare nello stomaco.

La mattina finsi di stare male per non andare a scuola.

Avevo paura.

E volevo chiedere aiuto a Spiderman.

Quando andammo a trovarlo, la domenica successiva, approfittai di un attimo in cui ci ritrovammo da soli per raccontargli quello che era successo. Lui mi mise una mano sulla fronte per vedere meglio i piccoli tagli. Disse: — Vigliacchi. Prendersela con un bambino.

Poi strinse i denti, come se pensasse a cosa poteva fare da lì, a come poteva proteggermi.

— Devi andare da Maritozzo e dirgli quello che hai detto a me — mormorò in fretta, prima che tornasse mia madre.

In macchina, più tardi, mi sentii infelice.

Spiderman mi aveva chiamato "bambino" anche se ormai avevo tredici anni.

E mi aveva detto di andare dal suo amico Maritozzo, che era gonfio proprio come uno di quei bomboloni al forno ma non aveva niente di buono, men che meno l'odore.

Non avevo avuto il coraggio di chiedere a mio fratello quello che mi frullava in testa da quando quei ragazzi mi avevano pestato: volevo la sua pistola, così che potessi difendermi anch'io.

Mio padre costeggiò tutto il Mitico Muro per tornare a casa, ma quella volta non lo vidi nemmeno.

Maritozzo si stava ingozzando di cannoli alla crema al bar all'angolo.

Si riunivano sempre lì e mi faceva strano non vedere anche Spiderman con loro, in sella alla sua moto, pronto a scattare. Mi avvicinai piano, col cuore in gola, perché tutti avevano smesso di parlare e mi fissarono facendomi un cenno di saluto col mento.

— Ciao — dissi. — Spiderman mi ha detto di venire a parlare con te.

— Mi dispiace per tuo fratello — rispose Maritozzo, ed era come un invito a proseguire. Gli raccontai quello che era successo, prendendo coraggio man mano che mi accorgevo delle reazioni degli altri. Maritozzo batté un pugno sul tavolo, mandando i cannoli all'aria.

— Lo avevo detto che erano stati loro — sibilò con la sua voce grassa. — Hanno quel tizio in gabbia, è lui la spia.

— Dobbiamo reagire — replicò quello che chiama-

vano Ghemon perché era cinese anche se era nato qui. — Altrimenti con Spiderman dentro penseranno di essere i padroni.

Si misero a discutere tutti insieme e si dimenticarono di me.

— E io cosa devo fare? — chiesi dopo un po'. Non mi risposero, così pensai che fosse saggio andarmene a casa e aspettare. Anzi, andare a casa e disegnare tutti i pensieri in tempesta che avevo in testa, usando solo il colore nero.

Passarono sette bombolette di vernice nera e tre

muri. Cinque giorni in cui camminavo per strada con il cappuccio calato sugli occhi, scappavo in bici per le strade più affollate e mi guardavo le spalle così tanto che mi girava la testa.

Cinque giorni senza colori.

Mi stavo quasi rassegnando a passare una vita da fuggiasco quando la sera, rientrando a casa dal solito giro in bici, due scooter mi si pararono davanti in mezzo alla strada, accecandomi coi fari e costringendomi a fermarmi.

Mi guardai intorno e in giro non c'era nessuno. Strinsi le mani sul manubrio e pensai che questa volta avrei lottato e non mi sarei lasciato cogliere di sorpresa.

Poi i fari si spensero e riconobbi due ragazzi che bazzicavano Maritozzo e i suoi. Dovevano avere un paio di anni più di me e mi chiesi se loro ce l'avevano, la pistola.

— Toni — mi disse uno. — Mi manda Maritozzo. Ha detto che ha un lavoretto per te. Per aiutare Spiderman. Vieni domani allo Stradone, alle tre.

— Non fiatare con nessuno, ok? — aggiunse l'altro. — E se hai un intoppo, chiamaci con questo. Il numero è in rubrica.

Mi lanciò qualcosa e io l'afferrai al volo con le mani che mi tremavano.

I due ragazzi schizzarono via sui loro scooter dalle marmitte truccate, facendomi tremare le orecchie. Poi finalmente ebbi il coraggio di guardare quello che avevo in mano e vidi uno smartphone di un modello costoso.

Sopra c'era un piccolo adesivo con scritto "Toni" come per dire che era mio.

Lo Stradone era un cavalcavia che spaccava in due il quartiere.

Sotto i pilastri c'era uno spiazzo ingombro di immondizia su cui spuntavano alcune baracche degli zingari. In un angolo stava una vecchia roulotte abbandonata che Spiderman e i suoi amici usavano come rifugio segreto da quando erano piccoli. Io ci ero entrato solo una volta e poi mio fratello mi aveva detto di starci lontano, che non erano affari miei quello che faceva lui, che ero troppo piccolo, che dovevo stare a casa a fare il bravo ragazzo in modo che i nostri genitori non si agitassero troppo.

Arrivai allo Stradone con la bicicletta e vidi subito un gran numero di moto parcheggiate, più i due scooter della sera prima.

Maritozzo stava seduto su una panca e gli altri occupavano delle sedie. Io ero l'unico in piedi e mi sentii un po' in soggezione, soprattutto quando mi sorrisero come se fossimo vecchi amici.

— Allora, Toni, è vero che sono tuoi quei disegni che si vedono in giro sui muri? — mi chiese Maritozzo all'improvviso. Arrossii fino alla punta dei capelli e mi sentii il cuore in gola. Non mi aspettavo una domanda del genere e non credevo che qualcuno sapesse cosa facessi con le mie bombolette. Il mio segreto era quindi rovinato. Non potevo più nascondere la mia identità come faceva

Banksy, perciò alzai le spalle e annuii come se la cosa non mi importasse. Non volevo che si accorgessero quanto ci fossi rimasto male.

— Bene, perché noi abbiamo trovato una soluzione al tuo problema, ma ci serve il tuo aiuto.

Ghemon tirò fuori uno scatolone e lo mise sul tavolino. Era pieno di bombolette di marca di tutti i colori. Maritozzo si mise a ridere e io trasalii.

— Vedessi che faccia hai fatto — esclamò. Anche gli altri risero. — Dobbiamo recapitare un messaggio a Spiderman e non possiamo certo telefonargli. Perciò domani sera dovrai fare una delle tue scritte sul muro che sta davanti alla prigione, in un punto che ti diremo noi, in modo che Spiderman la veda e capisca.

— E se mi beccano? — chiesi.

— In quel punto non ci sono telecamere, stai tranquillo, abbiamo controllato.

— E cosa dovrei scrivere? — domandai, sperando che non fosse una cosa lunga che mi tenesse fuori casa troppo tempo.

— Solo una sigla: "FP". E poi un nome: "Totano". Tuo fratello capirà — rispose Maritozzo.

Presi lo scatolone, guardando le bombolette con espressione troppo avida, e feci per andarmene.

— Toni — mi richiamò Maritozzo. — Se sei in gamba quanto tuo fratello, potrai diventare uno dei nostri.

Uno dei nostri.

Potevo essere anch'io un Supereroe? L'idea mi piaceva.

Spiderman non mi avrebbe più chiamato "bambino" e non avrebbe più dovuto difendermi. Avrei potuto farlo da solo e poi a quattordici anni comprarmi la moto 50 ed essere come lui. Imparare a impennare. Avere i soldi in tasca. Aiutare gli amici.

Dovevo solo dipingere quella sigla "FP" in modo che mio fratello la vedesse. E un nome. Dovevo farlo sul Mitico Muro, perciò sarei stato il primo a segnarlo con la vernice, il primo in assoluto. Me ne sarei potuto vantare nei forum.

Non stavo nella pelle, e un po' me la faceva addosso. Maritozzo non mi piaceva ma non volevo tradire Spiderman, in fondo erano amici. E le botte che avevo preso ancora mi bruciavano addosso, più per la vergogna che per le ferite che avevano lasciato.

— Che ti frulla in testa, oggi? — mi chiese mio padre quando a cena feci cadere per la seconda volta un'arancia che mi aveva chiesto. — Che stai combinando, eh?

— Niente — risposi, ed era la stessa risposta che dava sempre Spiderman.

Mio padre sospirò.

— Te ne vai in giro di sera con quella bici, forse dovresti smetterla — disse e io sbiancai. — Cosa ci vai a fare?

— Niente — risposi di nuovo e alzai un po' il mento, come faceva mio fratello quando voleva sfidare papà. Io non volevo sfidarlo, volevo che capisse che ero grande abbastanza per avere una vita mia di cui non dovevo rendere conto a lui. Che fosse la *Street Art* o la missione di Maritozzo.

Mi guardò negli occhi. — Ti dirò una cosa su Giovanni. Non è un Supereroe come vuole far credere a tutti. È solo un povero idiota, e guarda la fine che ha fatto.

Mia madre cercò di azzittirlo ma lui scosse la testa e continuò il suo discorso: — Se qualcuno ti dice: fai questo! E tu lo fai senza chiedere la cosa fondamentale, lo fai e basta, sei solo un povero idiota. Ecco cosa sei. Una pecora senza cervello che fa *beee* quando glielo dicono gli altri.

Non volevo sentirlo. Mi alzai da tavola per andare a mettere il piatto in lavastoviglie e mi diressi verso la mia camera. A metà corridoio però mi fermai. Tornai indietro e mi affacciai in cucina.

— Quale sarebbe la cosa fondamentale da chiedere? — domandai a mio padre, sottovoce.

Lui alzò lo sguardo dall'arancia.

— È ovvio! — rispose. — Devi chiedere: perché?

Perché.

Perché.

Io non l'avevo chiesto. Avevo preso le bombolette ed ero andato via, pronto a eseguire l'ordine. Ma ero anche uno street *artist*, uno che gli or-

dini li combatte, che non sopporta le regole, che disegna sui muri per dire alla gente: "Sveglia! Il mondo è molto più di quello che vedete!"

Perché non avevo chiesto perché?

Cosa voleva dire la sigla "FP"?

Chi era "Totano"?

Adesso come avrei fatto ad avere le risposte a quelle domande?

La mattina dopo mancavano dodici ore circa alla mia missione. Uno dei ragazzi venne a prendermi dopo la scuola con lo scooter e mi portò al Mitico Muro a vedere il punto in cui dovevo fare il disegno. Ci feci un segno con la bomboletta in modo da riconoscerlo anche di notte, poi tornai a casa ad aspettare che facesse buio.

Non riuscivo però a mettermi il cuore in pace. Guardavo mio padre di sottecchi ed era come se sulla testa avesse la parola: "Perché?"

Alle quattro non ce la feci più e decisi di uscire per distrarmi. Presi la bici e pedalai più forte che potevo, percorsi la villa comunale come un razzo, saltai giù per le scale larghe del palazzo di uffici abbandonato, attraversai le strade come se avessi una tigre dietro.

E mi ritrovai in via Grasso.

Frenai di scatto, il cuore in gola. Non avevo avuto intenzione di arrivare lì ma in qualche modo ci ero arrivato. Quella via la conoscevo bene, da piccolo ci andavo tutte le settimane, a lezione di disegno.

Poi Spiderman un giorno mi aveva detto: — Non

voglio che ti fai più vedere da quei vermi dell'associazione, hai capito? Stai lontano da Mario o non sei più mio fratello.

Non ero più andato da Mario, non avevo più preso lezioni di disegno all'associazione, anche se mi piacevano sia il primo che le seconde.

E a pensarci adesso, anche quella volta non avevo fatto la domanda fondamentale: perché?

Avevo ubbidito e basta. Mi ero comportato da pecora.

Questo pensiero mi mandò in bestia.

Scesi dalla bici e la spinsi a mano fino alla porta a vetri dell'Associazione Liberatutti. Il vetro era satinato e non si poteva vedere dentro, però l'insegna era accesa e significava che

c'era qualcuno, magari impegnato in qualche laboratorio artistico.

Se avessi aperto la porta, avrei sentito quel buon odore di creta e di vernice che mi faceva sentire a casa. Mario mi sarebbe venuto incontro e mi avrebbe detto la solita frase: "Oggi faremo grandi cose".

Ma non ne avevo il coraggio. Mi vergognavo a farmi vedere lì dopo essere sparito senza una spiegazione, senza nemmeno salutare.

Stavo per girare la bici e tornare sui miei passi quando la porta si spalancò e uscì qualcuno con un bambino in braccio. Aveva un camice bianco tutto imbrattato di pittura colorata, sembrava uno scienziato pazzo.

Appena mi vide là davanti, per un attimo mi fissò come se non mi riconoscesse. Poi esclamò: — Toni! Porca puzzetta quanto sei cresciuto! — e mi soffocò in un abbraccio a metà, visto che reggeva il bambino. — Come stai? Che fine hai fatto? Disegni ancora così bene?

Mario era sempre lo stesso. Diceva cose sceme tipo "porca puzzetta", aveva i capelli arruffati e ricci e una cicatrice che gli solcava il collo in orizzontale, tipo Frankenstein.

Farfugliai un saluto, pensando di svignarmela subito, ma lui praticamente mi spinse dentro e mi disse che il moccioso era sua figlio e che si chiamava Salvatore, come Dalì ma senza la pronuncia spagnola.

Mi sedetti sullo sgabello al torchio per la creta e me ne stetti zitto per un po' mentre lui trafficava con pennelli, colori e fogli di carta. Faceva ancora delle cose

bellissime e avrei tanto voluto mostrargli le mie opere sui muri.

— Ho saputo di tuo fratello — disse a un tratto, guardandomi negli occhi. — Lo hanno preso, alla fine. Succede sempre. O in galera, o al cimitero.

— Che vuoi dire? — chiesi. Quando ero bambino non mi parlava così.

Mi sorrise e indicò la cicatrice. — Non te l'ho mai detto perché eri troppo piccolo, ma questa me la fecero quando stavo in una banda come quella di Spiderman e Maritozzo. Stavo quasi per morire.

— Con un coltello? — chiesi, scioccato. Era una cicatrice proprio brutta. Mario annuì.

— Ma è stata una fortuna perché mi ha aiutato a capire che non solo volevo vivere, ma anche che della mia vita volevo fare qualcosa di più divertente che andare in giro con una pistola — raccontò. — Per questo ho fondato l'associazione. Per dare una speranza ai ragazzi del quartiere. Lo sai che l'arte aiuta a vivere meglio, no?

Sorrisi.

L'aveva detta lui, quella frase! Adesso me lo ricordavo.

— E tu che mi racconti? Stai bene?

Ricordai anche cosa mi piacesse tanto di Mario: ti chiedeva sempre come stavi e poi stava ad ascoltare la risposta. Forse fu per questo che decisi di dirgli quello che mi era capitato e cosa avrei dovuto fare quella sera.

Lui non mi interruppe mai. Si limitò a farmi finire, poi sembrò riflettere su ogni mia parola, e questo mi fece

sentire meno stupido di quanto mi fossi sentito fino a quel momento.

— Sai che significa "FP"? — mi chiese, serio.

— No.

— È una condanna a morte. Significa "Fare un Pezzo" — mi spiegò. — Vogliono che tuo fratello ammazzi questo Totano, un tizio che probabilmente si trova in carcere con lui.

Trattenni il fiato, spalancai gli occhi.

I Supereroi non ammazzano, se non per difendersi. Perché Spiderman avrebbe dovuto fare una cosa del genere?

Mario mi lesse la domanda negli occhi e rispose: — Senti, Toni, di sicuro Totano è quello che ha fatto la spia e ha mandato in carcere tuo fratello. Ora Maritozzo vuole che Spiderman si vendichi in modo che la banda di Totano capisca che la guerra è ancora aperta, che non l'hanno vinta.

— Guerra?

— Guerra tra bande, per spartirsi il territorio. Cioè il quartiere. Per decidere chi comanda — mi spiegò. — Se tu scrivi quella frase, tuo fratello potrà vendicarsi di chi lo ha mandato in galera. Ma probabilmente gli daranno una pena molto più alta, con l'accusa di omicidio.

— Spiderman non ammazza la gente! — Mi accorsi di aver gridato e arrossii.

— Lo farà se è un ordine della banda.

Nemmeno Spiderman chiedeva perché, allora.

Non potevo credere che mio fratello fosse capace di ammazzare qualcuno. Sul giornale avevano scritto: rapina, estorsione, truffa, spaccio. Avevo capito che tipo di reati fossero, nessuno prevedeva l'omicidio.

— Adesso devo andare — dissi a Mario, senza guardarlo in faccia, e scappai fuori. Saltai sulla bicicletta e me la filai più in fretta che potei, ignorando le grida che mi seguivano dalla strada:

— Toni! Aspetta! C'è una soluzione!

Non volevo ascoltarlo.

Voleva darmi un altro ordine, di sicuro. Un'altra soluzione imposta. Non volevo soluzioni da nessuno, adesso. Volevo solo continuare a pedalare finché non fosse calata la sera.

Il Mitico Muro era stupendo quella notte.

Anche alla luce dei lampioni, era come se brillasse appena di luce propria. Come se ti invitasse a impregnarlo di vernice fresca, di colore, di parole così grandi che i passanti avrebbero dovuto camminare qualche metro per leggerle intere, o mettersi dall'altro lato della strada.

Non mi andava di deludere Spiderman.

Non mi andava di fare di nuovo la figura della schiappa.

C'erano delle cose che dovevano essere sistemate e tirarsi indietro non avrebbe avuto senso. Soprattutto, non avrebbe cambiato le cose: mio fratello sarebbe rimasto in galera, io sarei rimasto uno che viene pestato per strada come un mucchietto di spazzatura.

Perciò guardai in alto, verso le finestre illuminate del carcere, e cercai di immaginare dove si trovasse Spiderman, a cosa stesse pensando. Chissà se sapeva di essere lui ad avere bisogno di me, in quel momento.

Poi presi le bombolette che mi aveva dato Maritozzo e cominciai la mia opera. Ci misi cinque ore. Dovetti arrampicarmi su un bidone per raggiungere le zone più alte. Quando finii, ero così stanco che feci fatica anche a rimettere la mia roba nello zaino, mi tremavano le braccia per lo sforzo.

Cominciai a trascinare la bicicletta verso casa ma quasi subito venni affiancato da un furgone bianco. Non mi spaventai, lo riconobbi subito. Alla guida c'era uno scienziato pazzo col camice macchiato di colori. Anch'io in

quel momento ero completamente imbrattato di vernice. Ci guardammo e ci mettemmo a ridere. Forse era solo stanchezza.

— Sei diventato bravo — disse Mario guardando la mia opera. La più grande della mia vita.

Caricai la bici nel furgone e lasciai che mi accompagnasse a casa. Non dicemmo più una parola per tutto il tragitto, ma in fondo non c'era niente da dire. Era tutto su quel muro, davanti alla prigione.

Potevo immaginare Spiderman, la mattina dopo, alzarsi e andare alla finestra della sua cella.

Avrebbe notato subito l'enorme disegno di Spiderman

vero, quello con la tutina rossa aderente, che spiccava un salto per sfidare i nemici. Avrebbe sorriso. Poi avrebbe letto la scritta e il sorriso sarebbe svanito.

Io l'avevo fatta.
Adesso toccava a lui.

Dal Venezuela all'Italia,
la musica come rinnovamento sociale

La musica può essere una straordinaria esperienza di crescita personale per ogni bambino e adolescente, ma anche una grande occasione di rinnovamento per la società. A quarant'anni dalla nascita dei primi Nuclei educativi dei *barrios* più poveri del Venezuela che cominciarono a suonare musica cameristica e sinfonica, il "Sistema delle Orchestre e dei Cori Giovanili e Infantili" ha trasformato un sogno in realtà per centinaia di migliaia di persone.

L'insegnamento della musica è diventato una risposta all'assenza di speranza e di prospettive per il futuro. Una porta che si apre verso nuovi orizzonti di vita nei quali la bellezza, la responsabilità, la solidarietà e l'impegno sono energie che liberano l'animo e ci proiettano verso l'armonia umana e la felicità.

Per questo, educare i giovani sin dalla più tenera età attraverso la musica è un progetto rivoluzionario. Perché trasforma l'uomo e modifica radicalmente la scala dei valori della società dominata dalle logiche del potere, del mercato e della violenza che generano degrado e perdita del senso profondo dell'esistenza, povertà e ingiustizia.

In Venezuela abbiamo 250 mila bambini e ragazzi riuniti in 140 orchestre giovanili, 125 infantili (con bambini dai 3 anni in su), oltre a 300 mila coristi e ai giovani del progetto speciale per disabili. Sin dall'inizio si impara a suonare insieme, acquisendo un senso di responsabilità collettiva e di solidarietà. Grandissimi direttori come Gustavo Dudamel, Diego Matheuz e Cristian Vásquez e Dietrich Paredes testimoniano il valore di questa esperienza nel mondo intero.

Il "Sistema" infatti si sta affermando in tutta l'America Latina e in molti altri Paesi come gli Stati Uniti e la Nuova Zelanda, in Asia e su gran parte del territorio europeo.

In Italia, grazie anche alla spinta di Claudio Abbado, con la direzione del mio grande amico Roberto Grossi è nato il "Sistema", che in poco tempo ha sviluppato oltre 30 Nuclei nei luoghi ove il disagio sociale e l'emarginazione sono più gravi. Dal quartiere di Scampia a Napoli alle periferie di Bari, ma anche nella città di Reggio Emilia colpita dal terremoto, il suono e le voci dei bambini segnano una nuova strada alla speranza: un grande progetto che ha bisogno dell'impegno di tutti. Non solo delle istituzioni e degli operatori culturali e sociali, ma anche delle imprese e di tutti coloro cui sta a cuore il destino dei nostri bambini e la costruzione di una società migliore.

Questa pubblicazione potrà dare un contributo importante per sostenere lo sviluppo del "Sistema" e partecipare alla realizzazione di un sogno.

José Antonio Abreu

Fondatore e Direttore de "El Sistema" in Venezuela
(Fundación del Estado para el Sistema Nacional de las Orquestas Juveniles e Infantiles de Venezuela - FESNOJIV)

Presidente Onorario del Sistema delle Orchestre
e dei Cori Giovanili e Infantili in Italia Onlus

SISTEMA